Bertrand Hourcade

FATWA

Du même auteur

Dictionnaire de l'anglais des métiers du tourisme, Pocket, Paris, 1995
Cours de pratique du français oral, Messeiller, Neuchâtel, 1996
Dictionnaire du Rugby, La Maison du dictionnaire, Paris, 1998
Dictionnaire des verbes français, La Maison du dictionnaire, Paris, 1998
Le Village magique, roman, Les Iles futures, Pully, 2001
Les Roses du château, nouvelles, Les Iles futures, Pully, 2004
Pratique de la conjugaison expliquée, Voxlingua, Leysin, 2006
Comment écrire une composition, Voxlingua, 2006
Explanatory Dictionary of Spanish verbs, Voxlingua, 2006
Práctica de la conjugación española, Voxlingua, 2006
Le Don du pardon, pièce de théâtre, Voxlingua, 2006
Voyage au pays des couleurs, conte, Voxlingua, 2008
Anthologie de théorie littéraire, Voxlingua, 2009
Anthologie de poésie française, Voxlingua, 2009
Marée blanche à Biarritz, roman policier, Voxlingua, 2013
Fatwa, roman policier, Bibracte, 2019
Comment étudier, BOD, Paris, 2019

© 2018 Bibracte Editions
Dépôt légal effectué en Suisse : décembre 2018

© Bertrand Hourcade

Edition : Book on Demand,
12/14 rond-point des Champs-Elysées, 75008 Paris
Impression : BoD – Books on Demand, Norderstedt, Allemagne
ISBN : 9782322235315
Dépôt legal : juillet 2020

A Jack Higgins

I

Carter déplia le journal et l'étala sur son bureau. Il n'en croyait pas ses yeux et pensa qu'il devait informer son patron sur le champ.
Il était sidéré par l'article qu'il lisait et relisait. Il voulut partager ses impressions avec quelqu'un et appela sa secrétaire qui était dans le bureau voisin, la porte ouverte. Elle avait de magnifiques jambes qu'elle mettait en valeur en les croisant avec élégance sous son bureau, mais bien en vue de Carter qui ne manquait jamais de lorgner par en-dessous avant de revenir vers le charmant visage de sa subordonnée.
Il fantasmait bien un peu sur elle mais essayait de garder vie professionnelle et vie privée séparées. Il savait que cela risquait de ne pas toujours durer mais il se faisait violence à l'entour du personnel féminin du service. Cependant, la proximité et la fréquence de contacts avec sa secrétaire minaient doucement sa détermination.
− Myriam, pourriez-vous venir un moment s'il vous plaît ?
Elle apparut presque aussitôt sur le seuil de la porte.
− Heu, je voulais vous poser une question personnelle. Aimez-vous les dessins animés ?
Interloquée, elle le regarda en fronçant les sourcils. Allait-il par hasard l'inviter à sortir voir un film d'animation ? Elle n'en croyait pas ses oreilles. Cependant, il continuait :
− Mais oui, vous savez, Donald Duck, Speedy Gonzalez, Mickey Mouse, …
− Bien sûr que je les aime, mais un peu moins qu'il y a quelques années.
− Et votre petite fille ?
− Oh, elle, elle les adore.
− C'est bien dommage, soupira malicieusement Carter.
− Pourquoi dites-vous cela ?
Myriam ne put éviter de mettre un ton de reproche dans la voix, car elle sentait une critique voilée dans la remarque de Carter.

— Oh ! Je ne juge pas votre fille en disant cela. Je pense simplement que nous arrivons peut-être à la fin d'une ère de civilisation et que le dessin animé pourrait disparaître.
— Mais que voulez-vous dire ?
Myriam s'impatienta.
— Je ne comprends pas où vous voulez en venir et surtout sur quoi vous vous basez pour tenir de tels propos ?
— Eh bien, vous n'avez qu'à lire.
— Et Carter présenta le journal à Myriam dont les yeux s'agrandirent à mesure qu'elle lisait.
— Mais c'est une plaisanterie !
— Ah, vous croyez ? Moi, je n'en suis pas si sûr.
— Ils se regardèrent dans un silence presque embarrassé.
— Ecoutez Carter ! Lancer une fatwa contre Mickey Mouse ! Vous prenez cela au sérieux ?
— On a vu des choses plus bizarres et qui étaient très sérieuses !
— Si vous pensez ce que vous dites, soit vous êtes fou, soit notre monde ne tourne plus rond !
— Ecoutez, la folie est partout. Il y a des tas de gens qui ne pensent pas comme nous ici, en Occident. Et les différences sont si grandes qu'on arrive parfois à l'absurde.
— Voilà, c'est exactement le mot qui convient ici. Cet article est absurde.
— Je suis d'accord avec vous si vous voulez dire que le contenu est absurde, mais certainement pas le journaliste qui l'a écrit.
— Vous vous rendez compte ? Mettre à mort … une souris fictive !
— Pas n'importe laquelle, s'il vous plaît : Mickey Mouse, le symbole de l'impérialisme américain.
— Vous parlez comme un de ces terroristes !
— Mais non, j'essaie simplement de voir les choses de leur point de vue.
— Et vous trouvez donc des tendances impérialistes à Mickey Mouse ?
Carter sourit.
— Pauvre Mickey Mouse ! Quel triste sort : être condamné à disparaître, et à se cacher. On ne survit pas à une fatwa si on ne se cache pas. C'est pourquoi je vous disais que l'ère du dessin

animé pourrait tourner court, si les fatwas commencent à pleuvoir sur les personnages animés.
— Trouver des relents impérialistes et capitalistes à Mickey Mouse, tout de même !
Myriam hochait la tête mi-crédule, mi-sceptique.
— Je me demande ce que va penser M. Waddams de cette histoire.
Le nom du patron fit revenir Carter sur terre.
— Ah oui, il faut que je l'informe de ce développement inattendu tout de suite. Au revoir, Myriam. Ne soyez pas trop troublée par tout ceci ; je voulais partager avec vous la primeur de cette information.
Et il quitta le bureau sans plus tarder.

***

Waddams mâchait le bout de son crayon, d'un air songeur. Il s'imaginait dans deux ans, au moment de prendre sa retraite. Cela le fit sourire, car il se voyait déjà dans son petit cottage du Lake District, entre chasse et promenade, mener une vie enfin tranquille, loin de l'agitation de la capitale et de sa vie trépidante.

Ses rêveries se faisaient de plus en plus fréquentes et il devait s'avouer, non sans quelque surprise, que depuis quelque temps, son travail commençait à lui peser.

Cependant, il gardait le même rythme effréné et régulier à la fois, ne dérogeant jamais à la discipline qu'il s'imposait et qui impressionnait toujours autour de lui.

Ce matin-là, il attendait la visite de son délégué aux affaires terroristes. Un petit coup à la porte et un jeune homme entra, un document à la main.
— Bonjour Monsieur.
— Bonjour Carter. Asseyez-vous donc.
— Merci.
— Alors, quoi de nouveau aujourd'hui ?
— Une chose incroyable pour tout vous dire.
— Vous m'intéressez presque.
— Il s'agit d'une nouvelle fatwa.
Waddams jeta un regard morne sur Carter.
— Il n'y a là rien de bien surprenant. Il existe de nouvelles fatwas presque tous les jours.

— Oui, mais celle-ci est ... différente.
Carter fit une pause pour mobiliser l'attention de son chef qu'il sentait peu attentif.
— Moui ? articula ce dernier.
— Et bien il s'agit d'une fatwa contre ... Waddams rêvassait toujours.
— Contre ?
— Contre... Mickey Mouse.
Waddams eut comme une décharge électrique. Son regard se fixa avec une dureté incroyable sur son subordonné.
— Qu'avez-vous dit ?
Carter déglutit péniblement et articula lentement :
— Contre Mickey Mouse.
Le regard de Waddams se fit pénétrant et il lâcha :
— Excusez-moi, mais nous travaillons sur un sujet qui exclut ce genre de plaisanterie grossière. C'est un humour que je ne qualifierai même pas de britannique.
Et pour appuyer sa phrase, Waddams fit une moue condescendante tout en pointant son menton vers le haut.
— Mais Monsieur, je ne me permettrai pas. Je vous assure. C'est une chose on ne peut plus officielle.
— Expliquez-vous !
Carter se leva, en brandissant le journal qu'il avait à la main.
— Cette fatwa a été décrétée devant des milliers de téléspectateurs sur la chaîne saoudienne Al-Majd. C'est un ouléma qui l'a lancée. Le Cheikh Mohammed Al-Mounajid a rappelé que la souris est une créature impure et vicieuse et dont la charia préconise l'extermination. En faisant cela, les enfants musulmans seront protégés moralement. Il faut donc tuer Mickey !
Et ce disant, Carter lâcha son document sur le bureau du patron.
Ce dernier n'en revenait pas de la fougue avec laquelle le jeune homme avait parlé.
— On dirait presque que vous approuvez ce que vous venez de raconter !
Surpris, Carter bafouilla :
— Mais ... pas du tout.
— Pourtant, la verve avec laquelle vous avez parlé ...
Waddams se leva et fit quelques pas autour de son bureau,

passant dans le dos de Carter et jetant un regard sur le titre du journal.

Après un moment, Waddams reprit :
— D'après vous, quel est l'enseignement à tirer de cette nouvelle extraordinaire ?
— Je ne vois pas ce que vous voulez dire.
— C'est très simple. Qu'allons-nous faire de ce cas de fatwa ?
— Mais Monsieur, c'est à vous de décider.
— C'est exact. Je voulais simplement voir si vous avez une vision des choses qui dépasse le bout de votre nez.
— Heu, je ne sais pas Monsieur.
— Je vais donc vous dire le fond de ma pensée. Cette fatwa, Monsieur Carter, on va l'oublier. C'est une fatwa à valeur idéologique certes, mais qui n'a rien à voir avec notre souci principal qui est de protéger des individus, et non des souris, de surcroît américaines !

Carter serra les dents et laissa la tempête s'éloigner. Waddams qui s'était laissé aller un peu se reprit, s'éclaircit la gorge et dit :
— N'est pas important tout ce qui est vrai. Et maintenant, vous pouvez aller travailler sur les cas qui nous concernent.

Alors que Carter quittait son bureau, Waddams se tourna vers la baie vitrée d'où il voyait une partie de Londres. Il avait l'esprit préoccupé, moins par le sort de Mickey Mouse que par la personnalité de son équipier. Peut-être est-il encore un peu jeune tout de même pensa-t-il en bourrant une pipe.

II

Les deux femmes entrèrent dans le bar.
— Ouf ! Il fait trop chaud dehors.
A l'intérieur, la fraîcheur les apaisa tout de suite. Elles choisirent une table dans un recoin d'où elles pouvaient voir la rangée de palmiers en bordure de la mer qui scintillait au soleil.
L'une dit, avec un grand sourire :
— C'est fait !
— Vraiment ? Je n'en reviens pas. Et c'était difficile ?
A l'autre bout de la salle, derrière son comptoir, le propriétaire Mario ne quittait pas des yeux la table 18 où étaient assises les femmes, dans un renfoncement naturel du mur. Cet endroit isolé était un petit havre de tranquillité au milieu de la grande salle animée.
Les doigts de la grande rousse se crispèrent sur son sac.
— Un peu, mais moins que je ne craignais..
Mario affectionnait particulièrement cette niche et la réservait à ses clients préférés. De plus, chaque fois que possible, il y menait ceux qu'il ne connaissait pas mais qui présentaient bien au premier abord.
Il lui semblait normal que les personnes qui le désiraient puissent avoir un endroit tranquille bien à elles. Il en était venu à affectionner particulièrement la table 18 et n'hésitait pas non plus, lorsqu'il invitait lui-même des amis dans son bar, à s'accaparer d'office cet endroit pour être plus à l'aise avec eux.
— Peut-être que j'étais un peu nerveuse, mais c'était avant. Regarde.
Elle sortit un sachet en cuir de son sac à main. Délicatement, elle ouvrit le cordon de la bourse et versa une partie du contenu dans la paume de sa main.
Rachel, se pencha aussitôt, l'index en avant pour toucher ce qu'on lui montrait.
— En fait, je m'inquiétais pour bien peu quand je pense à la facilité avec laquelle …

Mario n'avait jamais vu ces deux femmes auparavant. Il avait un faible pour le beau sexe et se mettait toujours en quatre pour satisfaire aux désirs de sa clientèle féminine.

Il se sentait excité par la présence de ces femmes et désirait fortement s'immiscer dans leur intimité. Aussi s'avança-t-il dans leur direction, la serviette blanche sur le bras, en tanguant de la manière la plus professionnelle possible et, arrivé à un mètre de la table, saisit au bond la dernière phrase de la conversation comme un tennisman qui smashe dans la balle.

– La facilité ? Il n'y a rien de facile aujourd'hui dans la vie. Bonjour Mesdemoiselles.

La main se referma aussitôt sur son mystérieux contenu.

Elles se retournèrent surprises, et laissèrent percer un sourire quand elles virent que c'était le garçon qui les interrompait ainsi.

– Bonjour Monsieur. Oui, vous avez raison, mais parfois, on peut avoir de la chance.

– Parfois peut-être, mais moins que plus souvent.

La petite, aux cheveux châtain lui plaisait bien, avec sa frimousse pleine de taches de rousseur.

– Vous êtes en vacances par ici ? Elles échangèrent un regard complice.

– Si l'on veut. On aime beaucoup la région et on vient de temps en temps se promener sur la Croisette.

– Oui, je comprends. D'autant qu'on peut y faire des rencontres très intéressantes, n'est-ce pas ? Par hasard, vous ne seriez pas des starlettes du festival de cinéma ?

Elles gloussèrent comme des gamines.

– On aimerait bien, mais on va vous décevoir. Juste des touristes, et rien de plus. Vous recevez ici des stars du festival ?

– Chaque année. C'est forcé, vu que nous sommes si près du palais des Festivals et des Congrès.

Elles commandèrent deux panachés.

Mario retourna vers le bar où il appuya sur un bouton placé sous le comptoir. Il voulait savoir ce qui était dans cette main.

***

A peine le garçon était-il reparti que Josy reprit son histoire. Rachel était suspendue à ses lèvres.

— Il voulait coucher avec moi, mais comme il avait beaucoup bu, il était en fait complètement saoul lorsque nous sommes arrivés chez lui.

Josy se pencha en arrière dans sa chaise, un sourire aux lèvres.

— Tu connais les hommes, leurs meilleures résolutions ne tiennent pas devant une bonne bouteille. Et il a précisément ouvert une nouvelle bouteille qu'il a entrepris de boire avec moi. Il nous servait souvent mais je finissais mes verres à demi, ce qui fait qu'il buvait deux fois plus que moi.

Nous étions déshabillés, allongés sur le lit. Je l'ai fatigué à l'extrême, tu comprends ? Cela a duré un peu de temps mais comme il était ivre, ses réalisations n'ont pas été à la hauteur des ses ambitions, d'autant que j'ai réussi à dissoudre une poudre dans son verre à son insu. Et là, plus de problème. Il s'est endormi tout de suite.

— Et alors ?

— J'ai fouillé longtemps et partout sa chambre. Je savais qu'ils étaient quelque part, car il me l'avait fait comprendre. J'étais si nerveuse ! Lorsque je les ai enfin trouvés, je suis allée dans la salle de bains où l'éclairage est meilleur. Je les ai étalés sur la tablette du lavabo. Ils brillaient, c'était magnifique !

Elle fit une pause quelques instants pour manifester sa joie et la partager avec son amie.

— J'étais tellement excitée que je n'ai même pas réalisé qu'il s'était réveillé. Il a tout de suite compris, malgré son état, ce qui se passait car il s'est avancé en titubant jusqu'à la porte de la salle de bains. Il était menaçant et a hurlé :

— Qu'est-ce que tu fous ? Tu crois me baiser hein ?

Il s'appuyait contre le chambranle de la porte. Je n'étais pas rassurée par son attitude, même si je le savais affaibli par l'alcool. C'était … Oh ! C'était effrayant !

Il m'a alors saisi la tête par les cheveux et m'a précipitée contre le lavabo. Il était comme fou. Il a fait couler de l'eau dans le lavabo et m'a poussé la tête dedans, m'empêchant de respirer.

Il hurlait toujours et j'ai vraiment pris peur. J'ai compris … oui, c'est alors que j'ai compris qu'il voulait me tuer !

Mais cela m'a donné une force nouvelle. Je me suis agrippée aux deux bords du lavabo et je me suis brusquement propulsée en arrière, ce qui l'a surpris et déséquilibré. Il m'a alors lâchée en reculant, et s'est écroulé d'une masse sur le côté. Sa tête a heurté le rebord de la baignoire en faisant un bruit mat et il s'est immobilisé raide sur le sol. Il ... il était ... il ne bougeait plus. Je l'ai tué !

Je ne savais que faire. J'étais totalement perdue. J'en avais oublié complètement les diamants jusqu'au moment où mon regard est tombé sur la tablette du lavabo. Le scintillement de leurs mille feux m'a fait revenir sur terre. Je les ai rapidement fourrés dans le sachet. Juste le temps de m'assurer que je ne laissais aucun objet derrière moi, puis j'ai filé. Et regarde : ils sont ici, dans ma main.

Elle présentait sa paume ouverte vers le haut et Rachel passait ses doigts sur les petites pierres.

– Tu as réussi ! C'est extraordinaire ! Oublie le reste. Ce type ne valait pas la peine, il aurait eu ta peau, s'il en avait eu la chance.

– Peut-être, mais il est quand même mort à cause de moi.

– C'était de la légitime défense et ...

***

Mario arrêta l'enregistrement. Il sentait qu'il était sur un gros coup.

III

Depuis quelques années déjà, Mario avait, tout à fait par accident d'ailleurs, développé une activité parallèle à son bar. Mais cette activité-là, totalement illégale, il la cachait à tous.

C'est dans l'exercice de son métier de serveur que l'idée lui était venue, confuse tout d'abord, puis de plus en plus évidente à mesure qu'il ruminait la chose.

Il avait remarqué que les gens arrêtaient souvent leur conversation à son approche lorsqu'il venait les servir. Des bribes de conversation qu'il percevait, il savait que les clients abordaient parfois des sujets sensibles que personne d'autre qu'eux ne devait entendre. Il avait développé une sorte de sixième sens pour flairer ce genre de situation. Il était capable de deviner le degré de confidentialité que souhaiterait le client d'après son physique, son attitude ou son allure.

C'est lorsqu'il se rendit compte que ce genre de personnes un peu spéciales s'asseyait dans le même type d'endroits que l'idée lui vint d'empiéter sur la vie privée de ces gens-là.

Dans le bar, les mêmes tables étaient toujours occupées par des gens qui parlaient à voix basse, jetaient des regards autour d'eux et avaient manifestement des choses à cacher. Les tables 5 et 18 notamment, de par leur emplacement un peu en retrait et leur situation peu exposée aux oreilles indiscrètes, étaient les plus recherchées.

A force de mûrir l'idée dans son cerveau, Mario eut l'idée de poser des micros dans ces tables afin de pouvoir entendre les conversations. Il se rendait compte que cela pouvait lui coûter cher s'il était découvert. Aussi décida-t-il d'agir absolument seul.

Lorsqu'il décida de commencer ses activités clandestines, Mario était encore bien naïf par certains côtés. Pourtant, il se mit à l'ouvrage tout de suite et, pour que la chose se fasse sans éveiller de soupçons, il décida de changer toutes les tables du bar. Il choisit de belles tables qui avaient, en leur centre, un petit espace rond recouvert d'une petite grille amovible et par lequel on pouvait enfiler, en sortant la grille, un mât de parasol. Ce fut sous cette grille qu'il installa lui–même le micro. La grille fut ensuite scellée, pour éviter qu'un curieux un jour ne découvre le pot aux roses. Sous la table, il fixa une boîte en fer de dimension modeste et qui contenait l'appareillage d'enregistrement. Cette boîte avait aussi été fermée à l'aide d'une combinaison de chiffres qu'il était le seul à connaître. Le pavé numérique était caché à la vue par une surface coulissante. Au simple coup d'œil, on ne remarquait rien que de très normal.

Une fois équipé, il fit des expériences pendant quelque temps, apportant tous les ajustements et réglages nécessaires jusqu'à ce qu'enfin il puisse écouter facilement les discussions des deux seules tables retenues dans ce projet : les tables 5 et 18.

Au début, ce fut très amusant. Il commença à découvrir la vie privée des clients réguliers. Il se rendit vite compte que ce faisant, il prenait le risque de se faire sinon repérer, du moins soupçonner, car il pouvait facilement par inadvertance donner des renseignements qu'il n'était pas supposé savoir. Aussi, finit-il par moins s'intéresser aux petites brouilles de famille, aux histoires d'adultère, d'héritage, de vengeance ou de haine personnelle.

Bien vite aussi, il se lassa de la routine monotone étalée sur les bandes. Il lui fallait écouter de longues conversations insipides avant de trouver un semblant d'intérêt dans la vie de ces clients.

Ce qui l'intéressait beaucoup plus était les clients qu'il ne connaissait pas. La nouveauté, le fait d'être dans un endroit différent, pour la première et probablement pour la dernière fois, semblait créer chez ceux-là un besoin de confidence beaucoup plus profond que chez les clients réguliers.

Un jour, une conversation de deux inconnus attira particulièrement son attention. Il était question de chargement, de passeur, de rendez–vous secrets. Les inconnus se sentaient si bien dans leur coin de bar qu'ils parlaient sans coder leur conversation. Ce qui fit comprendre à Mario qu'il tenait là des renseignements très sensibles. Mais qu'en faire ?

De plus, les inconnus avaient déplié sur la table 18 des documents qu'ils étudiaient avec la plus grande attention. Mario aurait bien aimé les voir et les étudier aussi, histoire d'avoir une image complète de la situation.

Aussi résolut-il d'aller plus loin dans son plan d'espionnage. Il fallait qu'il puisse voir en même temps qu'entendre. Il décida donc d'installer des micro-caméras qu'il fixa lui–même : certaines dans le centre des ventilateurs qui brassaient l'air au-dessus des tables 5 et 18 afin d'avoir une vue plongeante, d'autres dans des structures latérales sur les murs afin de prendre les visages des clients.

Et une nouvelle période d'observation commença, réglant les angles des caméras, l'intensité du volume ou de l'éclairage. Il travailla surtout sur les effets sonores et considéra bientôt son travail achevé.

Enfin tout fut prêt et chaque soir, à la fermeture du bar, Mario rentrait dans son bureau écouter les conversations qu'il avait choisi d'enregistrer durant la journée en appuyant sur le bouton sous son bar.

Il n'eut pas longtemps à attendre avant que des conversations sur des affaires louches surgissent. Mais il était pétrifié d'inaction car il ne savait comment utiliser les données reçues.

***

Mario avait des idées, mais seul, il sentait qu'il n'arriverait pas à agir. Aussi fallait-il qu'il change de méthode s'il voulait que sa lumineuse idée puisse produire des fruits. Et pour cela, il devait impliquer d'autres personnes dans cette histoire : il lui fallait une équipe sur qui compter, des complices avec qui agir.

Il fit rapidement le tour des connaissances en qui il pouvait avoir une confiance absolue. Il ne trouva qu'un seul nom : Eduardo, son frère, installé à Londres et qui était propriétaire d'un pub et d'un salon de thé dans le centre de la capitale anglaise.

Même si Eduardo ne l'épaulait pas dans son projet, il savait qu'il pouvait lui en parler sans craindre de fuites. Les deux frères étaient très proches : ils avaient vécu la même enfance difficile, traversé ensemble des années d'exclusion sociale dans les écoles françaises où ils étaient arrivés d'Italie à une époque où les Italiens n'étaient pas mieux reçus que les Africains aujourd'hui.

Tout cela les avait unis et ils avaient lutté ensemble. Un lien très fort les reliait, qui était à toute épreuve. Mais Mario ne savait pas comment Eduardo réagirait à l'annonce de ce projet auquel il voulait l'associer.

Il attendit donc sa prochaine visite à Cannes et un soir, dans le silence du bar, ils s'assirent à la table 18 et Mario expliqua tout à son frère qui ne dit mot tout le temps de l'exposé.

Quand il eut fini, il monta dans son bureau et fit entendre la conversation qu'ils venaient d'avoir à la table 18. La caméra leur montrait une vue plongeante sur leurs cranes et sur la table qui était restée vide de documents.

Devant le mutisme de son frère, il ajouta :

— Et tu vois donc, cher Eduardo, où j'en suis. J'ai fait le premier pas, l'installation est en place, je reçois des données que j'efface à mesure que je les écoute pour ne pas laisser de traces, mais, pour passer à l'action, j'ai besoin d'être épaulé. Et pas par n'importe qui.

Eduardo regarda longuement son frère dans les yeux. Ce fut un moment intense et fort, où la communion des deux frères fut à son comble. Enfin Eduardo lâcha :

— Je viens de m'apercevoir de l'étendue de ma calvitie grâce à ta caméra microscopique.

Mario le regardait, perplexe. Puis Eduardo se leva.

— Frérot, tu m'en bouches un coin !

Mario ne savait si cette phrase était une condamnation ou un encouragement.

— Ah oui ? Alors, heu, … que penses-tu ?

— Je pense que tu es un génie !

Ce faisant, Eduardo envoya une grosse claque dans le dos de son frère, et partit d'un rire irrépressible.

Mario se détendit. Ainsi, Eduardo approuvait ce projet.

— Tu as trouvé un moyen pour que nous puissions prendre notre revanche sur la vie. Et je suis prêt à collaborer avec toi.

— Vraiment ? Tu veux rentrer dans la combine ?

— Oui, cela m'intéresse. Mais pas n'importe comment. Il va nous falloir agir avec beaucoup de minutie. Par la suite, on pourrait installer dans mon bar le même équipement.

— Tu veux aussi te lancer là-dedans ? Tu veux dire, exactement le même équipement ?
— Je trouve l'idée géniale, et si nous unissons nos forces, on pourra aller plus loin. On aura des affaires en Angleterre et d'autres en France. On ratissera plus large ainsi.

Ils mirent au point un système de partage d'informations et d'alertes entre les deux. Ils créèrent une charte qu'ils ne devaient jamais transgresser et dont le maître mot était planification.

Ils étaient fort conscients d'empiéter sur la sphère privée du citoyen lambda et de fouler aux pieds les droits les plus élémentaires de la liberté d'autrui en se lançant dans cette entreprise. Mais la perspective d'une vie différente, où l'argent coulerait à flot l'emporta vite sur leurs hésitations.

Et c'est ainsi que démarra l'association des deux frères qui résolurent d'user d'une prudence et d'une patience extrêmes pour mener à bien leur entreprise.

***

Dès qu'il eut écouté l'enregistrement des deux femmes, Mario prit son portable et se mit à composer un numéro.

IV

Comme tous les lundis, Carter poussa la porte de son chef pour la réunion hebdomadaire de la cellule anti-fatwa.
Lors de cette réunion établie officiellement pour faire le point, il se sentait généralement mal à l'aise. Il préférait les réunions inopinées, suite à une urgence à résoudre. Il lui semblait plus facile d'agir à chaud que de réagir après réflexion.
– Alors Carter, du nouveau dans le monde du dessin animé ?
Carter saisit tout de suite l'allusion et décida de l'ignorer. Waddams le regarda un moment puis lui posa la question qu'il redoutait :
– Avez-vous une vision globale de la situation actuelle en Europe ?
Carter n'aimait pas quand son chef utilisait le mot vision. Il sentait le poids de l'expérience lui manquer étrangement dès qu'il fallait faire des synthèses.
– Eh bien, il se passe des choses effectivement. La situation a tendance à se durcir un peu partout avec la montée de la crise et la pression terroriste.
– Oublions la crise, voulez-vous ? Nous devons pouvoir traiter de nos problèmes sans embrouiller la vision générale par des paramètres externes.
Après un moment, il poursuivit :
– Il serait du plus grand intérêt de voir comment certains autres pays font face aux mêmes défis que nous avons ici. Et en particulier la France, qui est le lieu de passage le plus utilisé par les clandestins pour se rendre en Grande-Bretagne.
– En France, le mouvement intégriste se renforce. Le cas de ce professeur de philosophie, Robert Redeker, n'a fait que mettre de l'huile sur le feu. Vous vous rappelez de cet article virulent qu'il a écrit dans le Figaro.
– Oui, j'ai lu cet article. Ce monsieur a beaucoup de courage ou beaucoup d'inconscience, c'est selon. Mais il y a de cela presque deux ans !

— Oui, mais comme il a été menacé de mort sur internet, il est maintenant obligé de vivre caché. Il est donc dans le même cas que certains de nos protégés. C'est l'Unité de coordination de la lutte antiterroriste, qui s'occupe de sa protection, tout comme Scotland Yard de ce côté de la Manche le fait pour nos propres cas.
— Nous sommes donc dans le même bateau.
— Les Français sont aussi préoccupés par l'agitation dans les cités. Récemment le mouvement des caillasses dans les banlieues a agité toute la classe politique et …
— Ceci n'a qu'un rapport très distant avec ce qui nous concerne.
— Oui, sauf que ces populations démunies sont des viviers de terroristes potentiels.
— C'est très possible, mais nous devons nous concentrer sur le réel et non le virtuel.
— Eh bien, il y a d'autres choses qui se passent. En Hollande, la situation est très mouvante.
— Mouvante ?
— Oui. Il semble que le poids de l'opinion pèse de plus en plus dans la vie politique du pays. On évoque dès à présent l'émergence possible de pogromes antimusulmans tellement les esprits sont agités.
— Mon cher, j'aimerais vous rappeler que le mot pogrome ne s'applique, d'après sa définition stricte, qu'à des agressions ou des manifestations anti–juives.
— Excusez-moi. Mais je pensais que vous comprendriez le sens général de ma remarque.
— Eh bien, je la comprends d'autant moins que le pogrome est habituellement toléré ou soutenu par le pouvoir en place. Vous ne voulez tout de même pas insinuer que le gouvernement hollandais est derrière cela, n'est-ce pas ?
Carter serra les dents.
— Bien sûr que non.
— Sachez donc que l'usage précis des mots est capital dans notre métier. On ne peut pas se contenter d'à-peu-près. Je vous demanderai plus de rigueur dans votre vocabulaire. Ceci étant dit, je conçois que votre usage – incorrect – du mot pogrome m'a cependant bien fait saisir l'urgence de la situation. Nous

parlerons donc plutôt d'émeutes ou de massacres, si vous le permettez.
— Très bien. J'aimerais aussi mentionner que chez nous, comme vous le savez, les choses bougent.
— Je vous écoute.
— Regardons les choses objectivement : la situation de Londres mérite une très grande attention. Les faits sont là : les musulmans représentent 8,5 pour cent des habitants de la capitale britannique. D'autre part, plus de 40 pour cent des musulmans de Londres sont nés au Royaume-Uni.
— Où voulez-vous vous en venir avec ces chiffres ?
— Je veux indiquer que, depuis la cérémonie d'anoblissement de Rachid Suleman par la reine en juin 2007, on sent une crispation dans la communauté musulmane. Or, avec un Londonien sur douze qui est musulman, nous devrions jouer plus prudemment et éviter de provoquer.
— Mais avez-vous des exemples plus concrets à fournir que ces généralités ?
— Ne serait-ce qu'à Hyde Park, au Speaker's Corner, on constate une recrudescence des prêches extrémistes et, ce qui est plus inquiétant, le nombre des badauds les écoutant grossit à vue d'oeil. On a même repéré plusieurs orateurs improvisés parlant avec un fort accent étranger d'Europe continentale. Il semble que certains soient francophones et germanophones. Les diatribes les plus virulentes viennent de la part d'un individu qui est franco-iranien. On a contrôlé son droit de séjour qui est en règle. Et tous ces orateurs ont un certain succès. Par notre propre faute, si je puis dire.
— Expliquez-vous !
— Il me semble que cette cérémonie d'anoblissement soit arrivée à un très mauvais moment.
— Ah oui ?
— Regardez ce qui se passe. Il y a eu des manifestations de protestations en Malaisie et au Pakistan. Dans plusieurs pays, on considère cet acte comme une provocation contre l'islam. On a même qualifié la reine de « vieille bique ». Vous vous rendez compte ? La reine, une « vieille bique » !
— On dirait presque que cela vous fait plaisir.
— Pas du tout. Au contraire, je suis choqué mais plus par le fait que Rachid Suleman ait été fait chevalier dans ces

circonstances et à un tel moment. Je ne mets pas en doute sa valeur littéraire mais ...
— Eh bien voilà. Il n'y a donc rien à ajouter. On ne critique pas les décisions de la reine. Vous vous égarez et de plus, vous êtes un idéaliste. Je vous rappelle que nous sommes ici, dans ce service, affectés à un rôle qui se cantonne à travailler sur les conséquences et non sur les causes. Si vous voulez changer d'affectation, libre à vous.

Carter n'avait pas l'intention de quitter le service, et il continua néanmoins :
— On ne peut tout de même pas ignorer que la vie de Rachid Suleman est à nouveau menacée : la fatwa révolutionnaire de l'imam Al-Shirazi qui a condamné Suleman à mort en 1989 a été ravivée par l'imam Ahmad Khatami lors d'une émission de radio à Téhéran. Ce qui ne nous simplifie pas la tache.
— C'est exact. Je vais donc vous demander d'élargir un peu votre rayon d'action au niveau international. Le problème terroriste ne doit pas se traiter au seul niveau national. Je veux que vous vous penchiez sur tous les cas de fatwas récents en Europe et que vous les étudiiez de près. On a toujours à apprendre des autres.
— Dois-je me cantonner à une approche théorique ?
— Théorique ? Grands dieux ! Théorique bien sûr, mais aussi et surtout pratique !
— Mais ...
— Mettez-vous en contact avec votre homologue français, le commandant Legrand. Nous avons déjà collaboré avec lui sur plusieurs affaires. Il sera réceptif. Proposez-lui une collaboration élargie mais soyez précis sur les objectifs. C'est la condition pour que cela marche. Nous pourrions avoir affaire avec eux très vite, notamment en considération de ce trublion qui a un passeport français.
— Très bien.
— Cela sera un travail compliqué. Il faudra savoir composer. Vous devrez voyager, vous inspirer de nouvelles méthodes, étudier la protection des personnes comme la pratiquent les autres, etc.

Carter prenait des notes.
— A propos, je crois me souvenir que vous parlez français, n'est-ce pas ?

— Je le parle un peu car je l'ai étudié pendant quelques années. Mais je n'ai guère eu l'occasion de l'utiliser dans ma profession.
— Eh bien, l'occasion est peut-être arrivée. Vous feriez bien de rafraîchir vos bases, mon cher.
— Ce sera tout pour aujourd'hui ?
— Oui. Au revoir.

V

— Allô ! C'est pour demain soir.
— Le chargement est rentré ?
— Positif. Rendez-vous demain matin, comme d'habitude.
Mario raccrocha. Il réfléchissait. Sur les dizaines de conversation enregistrées, aucune ne présentait un potentiel aussi énorme que cette histoire de diamants. De plus, la situation semblait assez simple.
Ces petites chéries ont mis la main sur le gros lot se dit-il. A nous d'en profiter.
Il savait que l'enjeu exigeait une efficacité d'action sans faille. Pour cela, il fallait agir en tout anonymat ou, à défaut, qu'il n'y ait pas de témoins ni de survivants, afin de brouiller définitivement les pistes.
Si le coup se passait bien, on ne pourrait jamais remonter à la source. Grâce à son système d'enregistrement.

***

Mario était assis à une terrasse de l'aéroport de Nice. Il lisait Nice-Matin en buvant son café. Il se sentait nerveux, comme toujours à l'approche de l'action.
L'avion en provenance de Londres venait de se poser et bientôt Eduardo passerait la douane.
Je parie qu'il aura ses lunettes de soleil et une chemise blanche à manches courtes ouverte largement sur le poitrail, se disait Mario.
Il se dirigea vers la sortie des passagers et attendit quelques minutes. Enfin, il vit les premiers Britanniques débarquer, avec leur teint pâle, leurs visages parsemés de taches de rousseur, leurs grandes silhouettes filiformes.
Au milieu d'eux, Eduardo, élégant dandy dans sa chemise blanche à manches courtes largement ouverte, souriait à son frère. Il enleva ses lunettes de soleil et ils se donnèrent une vigoureuse accolade.

Comme toujours, ils se dirigèrent sans un mot vers le parking. Ce ne fut qu'une fois dans la voiture, qu'ils se décontractèrent enfin.
— T'es nerveux Mario !
— Comme toujours, tu me connais.
— Vaut mieux l'être avant que pendant.
Ils s'engagèrent sur l'autoroute en direction de Cannes. Le soleil brillait et la mer scintillait.
— T'en as de la chance de vivre ici ! Moi, ce matin, je poireautais dans le brouillard londonien.
— Je te rappelle que c'est toi qui as voulu franchir la Manche, personne ne t'y a forcé.
— Certes, certes.
Au bout d'un instant, Eduardo reprit :
— Alors je t'écoute. Explique-moi ce qui se passe ce soir.
— Ce soir, on risque de devenir vraiment riches.
Et il sourit à son frère. Puis, redevenu sérieux, il continua :
— J'ai repéré deux filles. Elles ont un magot. Des diamants. Je sais où elles crèchent. Faut qu'on agisse vite avant qu'elles ne s'en séparent.
Et après un moment :
— Faut agir dès aujourd'hui. J'ai tout prévu. Regarde dans la boîte à gants.
Eduardo ouvrit le couvercle. Il trouva un Beretta 101-T enveloppé dans un chiffon.
— Je te rappelle, continua Mario, que l'arme à feu est notre dernier recours. Normalement, dans le cas présent, on devrait pouvoir s'en passer.
— Ouais. Mais on ne sait jamais.
— Ce soir, on agit à visage couvert ; on n'aura en principe pas besoin d'utiliser ce joujou.
Et Mario mit son frère au courant de l'opération.

***

Mario et Eduardo rabattirent la cagoule sur leur visage. La minuterie venait de s'éteindre, l'escalier était désert et les seuls bruits qui parvenaient étaient ceux des télévisions dans les appartements.

Mario crocheta la serrure dont le pêne finit par bouger. Doucement il ouvrit la porte pendant qu'Eduardo sortait de sa poche un atomiseur. Ils entrèrent dans une pièce vide au fond de laquelle une porte entrouverte laissait passer un rayon de lumière. Une radio jouait du jazz et le murmure d'une conversation leur parvenait aux oreilles.

Ils se positionnèrent de part et d'autre de la porte. Ils devaient absolument éviter les cris des deux femmes. L'effet de la surprise devait jouer au maximum. Mario compta jusqu'à trois sur ses doigts et ils surgirent ensemble dans la pièce. En un instant, ils maîtrisèrent les deux femmes allongées sur le lit : Eduardo vaporisa le visage de la grande rousse qui s'affaissa en émettant un léger cri alors que Mario, de la crosse de son pistolet, assomma Rachel.

Mais à ce moment-là surgit de la salle de bains un berger allemand qui sauta sur Eduardo. Celui-ci se protégea en levant son bras. Le chien s'en saisit et Eduardo sentit la morsure des crocs dans sa chair. Il étouffa un cri et, de sa main droite, réussit à diriger le jet de l'atomiseur qu'il déchargea complètement sur le chien qui s'écroula d'une masse.

— Merde ! Comment va ton bras ?
— Pas très bien. Mais on verra ça plus tard. On continue comme prévu.

Ils attachèrent les deux femmes inconscientes chacune sur une chaise, les mains attachées dans le dos. Puis, ils leur collèrent une large bande de ruban adhésif sur la bouche pour les empêcher de crier.

Eduardo alla ensuite dans la salle de bains pour s'occuper de son bras. Il ôta sa veste et releva sa chemise jusqu'au coude. Mario qui avait inspecté la cuisine en revint avec une bouteille d'eau de vie qu'il donna à son frère.

Celui-ci serra les dents et fit couler l'alcool sur sa blessure. Il ne put réprimer un juron et s'appuya un instant contre le mur en respirant fort. Mario lui prépara un pansement trouvé dans l'armoire de la salle de bains. Puis ils rejoignirent les deux captives qui commençaient à se réveiller.

Eduardo qui tenait à la main la bouteille d'eau de vie dit à son frère :
— Exactement ce qu'il nous faut.

Il donna la bouteille à Mario. Ce fut Josy qui se réveilla la première. Elle roulait des yeux effarés et s'agitait dans tous les sens. Mario lui tira la tête en arrière en saisissant ses cheveux.
— Ecoute ma grande. Arrête de frétiller. Ça ne sert à rien. Je vais t'expliquer ce dont il s'agit. Tu as quelque chose que l'on veut. Si tu nous le donnes, on vous laissera tranquilles, toi et ta copine. On n'est pas des tueurs. Mais faut pas trop nous énerver.

Il se baissa et fit sauter les chaussures de Josy qui se retrouva pieds nus. Rachel commençait à émerger de sa torpeur.
— On veut les diamants. Tu vas nous dire où ils sont. On ne va pas te frapper, ni te saigner. Si tu ne parles pas, on va simplement reprendre une ancienne coutume du Moyen-Âge, utilisée contre ceux qui refusaient de révéler l'emplacement de leur magot. Et ce n'est pas contre ton amie mais contre toi qu'on va appliquer ce procédé.

Rachel qui avait tout entendu commençait aussi à paniquer. Elle vit l'homme qui tenait la bouteille d'une main prendre le dossier de la chaise sur laquelle était Josy et le tirer à la renverse jusqu'au sol. Josy était maintenant dos au sol et face au plafond. Ses mains étaient écrasées par le poids de son corps, ses jambes étaient posées sur les barreaux de la chaise et ses pieds pendaient au-dessus du sol. L'homme tira une chaise sur laquelle il s'assit.
— On va te chauffer les pieds jusqu'à ce que tu parles. Il paraît que c'est radical. Un peu d'eau de vie aide la flamme à bien prendre.

Et ce disant, il déboucha la bouteille d'eau de vie dont il aspergea les pieds de la victime. Puis il sortit un briquet de sa poche.

Les deux femmes poussaient des cris étouffés en roulant des yeux exorbités.
— Si tu veux me parler, fais-moi un signe avec un double battement de cil et j'arrêterai aussitôt, je te promets.

Il se pencha et approcha la flamme de la jambe droite de Josy. La flamme vint caresser la plante du pied et Mario fit aller le briquet du haut en bas du pied. Le corps de Josy se raidit instantanément et les geignements étouffés des deux femmes redoublèrent d'intensité.

C'est alors qu'Eduardo monta le son de la musique.
— Je tiens à te dire qu'il est stupide de résister car tôt ou tard, tu céderas. Mais si je te brûle profondément la plante des pieds, tu auras de grandes difficultés à remarcher.

Et cette fois-ci, il saisit fermement la jambe et appliqua la flamme à quelques centimètres sur un endroit précis. Eduardo se pencha sur Josy et agrippa de ses deux mains les épaules de la femme pour la maintenir stable alors qu'elle se tortillait de droite et de gauche. Au bout de quelques secondes, une forte odeur de brûlé commença à emplir la salle. La tête de Josy roulait d'un côté à l'autre alors que son corps était secoué de soubresauts.

Mario qui ne quittait pas des yeux le visage de Josy éloigna tout d'un coup le briquet de la jambe qu'il relâcha.

— J'ai vu que tu veux me parler. Mais je te préviens, si tu cries, mon ami te loge une balle dans le genou. Tu as compris ?

Elle fit oui de la tête. Mario retira le ruban adhésif de la bouche de la victime qui éclata en pleurs.

— Dis-nous où tu caches les diamants !
— Ils sont … dans la … salle de bains.
— Où ?
— Derrière un carreau du mur, … à droite de la fenêtre.

Eduardo palpait les carreaux et il en fit jouer un qui révéla une ouverture. Il en retira un sachet, l'ouvrit et revint vers Mario.

— Regarde. C'est bien ça ?

Mario jeta un coup d'œil, reconnut le sachet qu'il avait aperçu dans le bar. Il plongea sa main et retira quelques diamants.

— Oui, c'est bon. On peut y aller.

Il remit le ruban adhésif sur la bouche de Josy.

— Vous avez de la chance d'avoir affaire à nous, les filles. D'autres vous auraient liquidées depuis longtemps.

Mario vissa un silencieux à son pistolet. Il tira une balle dans la tête du chien.

— Pour lui, c'est différent. Il pourrait nous reconnaître à l'odeur.

Puis, il prit le menton de Rachel dans sa main et la regarda quelques secondes dans les yeux. Avant de partir, il leur lança :

— Vous feriez bien de déguerpir vite. Nous ne sommes pas les seuls à rechercher ces diamants. Et les autres seront sûrement beaucoup moins compréhensifs que nous.

Eduardo éteignit la lumière et ils sortirent de l'appartement sans bruit.

VI

L'homme regardait par la baie vitrée d'où la vue plongeante révélait une grande partie de Londres. Il tenait son front appuyé sur la vitre, dans un profond silence. Il avait l'air tétanisé : rien ne bougeait en lui. Il respirait à peine, et son regard fixait l'horizon.

Soudain, il ferma les yeux et resta ainsi un long moment. Il n'entendit même pas la porte s'ouvrir. Quelqu'un s'avança à pas lents, discrets et s'arrêta à trois mètres.

Comme l'homme ne bougeait toujours pas, le nouveau venu toussota légèrement pour signifier sa présence. Mais cela ne fit aucun effet sur la silhouette appuyée contre la vitre.

– Monsieur, c'est Gartland. Je tiens à vous rappeler le règlement : vous ne devez sous aucun prétexte vous exposer à la vue extérieure.

Il s'avança et tira le rideau en tulle fine sur toute la longueur de la baie, obligeant la forme humaine à lui laisser un passage le long de la porte-fenêtre.

– Vous verrez tout aussi bien à travers le rideau.

– Voir quoi ? grommela l'homme. Vous avez remarqué là en bas ce qui se passe ?

– Euh, non. Qu'y a-t-il ?

– Il y a qu'ils dorment tous.

– Comment cela ? Il est trois heures de l'après–midi ! Vous plaisantez !

– Plaisanter ? Vous ne voyez donc pas que Londres est en train de mourir ? Oui, d'un mal insidieux et silencieux qui détruit de l'intérieur : l'indifférence. Lorsqu'ils se réveilleront, il sera trop tard, en tout cas pour un grand nombre d'entre eux.

Le nouveau venu attendit un instant avant de parler :

– Je suis venu pour vous parler de votre agenda pour cette semaine.

– Mon agenda ! Oui, bien sûr.

Et il se cala contre la baie vitrée.

– Alors, lundi rencontre avec votre sosie.

– Comment ? De quoi parlez-vous ?

— Je voulais vous le dire : M. Waddams a jugé bon de solliciter le concours d'un sosie.
— Un sosie ?
Rachid Suleman réfléchit quelques instants avant de continuer :
— Je ne sais si cela est vraiment nécessaire mais je reconnais que ce pourrait être intéressant. Rencontrer son double, se parler à soi-même tout en s'observant de l'intérieur et de l'extérieur, voilà quelque chose de nouveau et d'excitant.
— Pour le colonel, il n'y a là rien que d'absolument nécessaire. Il veut que vous sachiez qu'il a été obligé de prendre cette décision.
— Il aurait pu m'en informer en personne tout de même.
Rachid Suleman était un peu agité. Une telle nouvelle chamboulait son monde intérieur. Il reprit :
— Mais, même si j'accepte – par la force des choses – le principe d'un sosie, y a-t-il une nécessité absolue que je le rencontre ?
— Peut-être est-ce moins pertinent pour vous que pour lui. Il ne vous a jamais rencontré directement et nous pensons que cela lui serait bénéfique.
— Bénéfique ?
— Oui, car il doit constamment peaufiner son jeu de rôle et, dans ce cas-ci, qui d'autre mieux que vous peut l'aider pour cela ?
Rachid Suleman ne put retenir une exclamation :
— Ce sera fascinant !
Et il tomba dans un silence boudeur pendant plusieurs secondes avant que Gartland ne reprenne :
— Donc, pour résumer, lundi rendez-vous avec sosie.
Quelques instants de silence, puis Gartland continua :
— Mardi, rencontre avec vos enfants et les amis que vous avez souhaité voir.
— La rencontre aura lieu ici ?
— Nous ne savons encore pas. Mercredi, rencontre avec le colonel Waddams. Histoire de faire le point sur la situation.
— Ah ! Ce cher colonel, il me tarde de le voir. J'ai plusieurs choses à lui dire, outre cette affaire de sosie. J'aurais aimé le voir plus tôt.

— Cela n'est malheureusement pas possible. Le colonel a un emploi du temps extrêmement chargé.
Rachid Suleman grommela en signe de désapprobation.
— Jeudi, pas d'activité spécifique.
— Alors nous pourrons parler de littérature !
— Heu, oui, si vous voulez bien. Vendredi, déménagement dans un nouveau havre.
— J'adore votre façon d'appeler une cachette : un havre. Il est vrai que les Anglais sont les champions de l'euphémisme.
Gartland enregistrait mentalement les remarques de Rachid Suleman. Manifestement, ce dernier était en train de se défouler sur lui.
— Samedi et dimanche, acclimatation au nouveau havre.
— Magnifique cette expression. Acclimatation au nouveau havre. J'essaierai de la placer dans un de mes écrits !
Gartland continua sans relever l'ironie de la remarque :
— Une conférence est peut–être prévue avec un journal anglais pendant le week-end. Avez-vous des remarques ou des commentaires, M. Suleman ?
Il attendit patiemment une réaction de son interlocuteur. Ce dernier se retourna lentement et regarda Gartland droit dans les yeux.
— Oui, une simple question.
Il se tut quelques secondes, qui parurent interminables à Gartland. Puis, en pointant son index sur la ville en contrebas :
— Ecoutez, comment allons-nous les réveiller ?
Gartland hocha la tête plusieurs fois, puis fit volte face et sortit sans un mot.

***

Une fois seul, Rachid Suleman soupira un grand coup. Il s'assit sur un divan et se prit la tête entre les mains.
Voyons se dit-il. Il faut bien pourtant que je trouve un moyen pour que mes concitoyens comprennent le danger qui les guette. Mais comment peut-on faire boire un âne qui n'a pas soif ?

***

Gartland frappa à la porte et entra dans le bureau de son supérieur. Il se mit au garde à vous : il se demandait ce qu'il allait bien pouvoir dire. Ce qu'il savait valait- il même la peine d'être mentionné, au risque de paraître stupide ? Cela pouvait-il vraiment être essentiel à la mission qu'il devait conduire ?

Waddams terminait juste une conversation téléphonique. Il posa le combiné et se tourna vers Gartland : il voulait tout savoir sur l'évolution psychologique de Rachid Suleman et il comptait sur Gartland pour le tenir au courant de son comportement et de ses pensées.

— Repos ! Eh bien, comment va votre protégé ?
— Je l'ai vu ce matin. Nous avons un peu discuté.
— Vous discutez avec lui maintenant ? Très bien. Et de quoi donc ?

Le léger ton ironique n'échappa pas au subordonné qui se racla la gorge avant d'attaquer :

— De la routine bien sûr, et du programme dont je dois l'informer, notamment de l'existence de son sosie.
— Ah oui, c'est pour bientôt, n'est-ce pas ?
— Dès lundi.
— Excellent.
— Je dois cependant vous avertir qu'il a assez mal pris la chose.
— Pourquoi cela ?
— La nouvelle a été un choc et il ne voit pas l'utilité d'une telle mesure.
— Il changera d'idée, j'en suis sûr. De plus, un sosie, cela devrait flatter son ego d'un certain point de vue, ne croyez-vous pas ?

Sans attendre la réponse, le colonel continua :

— Parlez-vous jamais d'autre chose avec lui que de sa routine ?
— Bien sûr que non, mon colonel. Je suis vos ordres, je le laisse parler au maximum. C'est lui qui décide de quoi on parle.
— Et alors, de quoi parle-t-il ?
— Et bien, c'est justement cela le problème. A l'exception de ses réactions aux informations que je dois lui donner, il est difficile de cerner précisément son discours.
— Cerner son discours ? Etes-vous en campagne militaire mon cher ?

— Je veux dire que ses propos sont très … comment dire, très abstraits ?
— Vous voulez dire que vous ne les comprenez pas ?
— Je comprends bien les mots qu'il articule, mais je ne saisis pas toujours ses insinuations. Vous savez, c'est un écrivain, il utilise un langage imagé, des métaphores, des figures déroutantes, je crois même remarquer des allégories dans …
— Des allégories, magnifique ! Vous savez que vous avez été placé près de lui pour les études de lettres que vous avez brillamment accomplies. Aussi vous devez être satisfait de baigner dans ce monde feutré de la jubilation littéraire.
— Vous vous moquez, Monsieur, car nous sommes bien loin de la situation que vous décrivez. Vous oubliez ou semblez ignorer la chose la plus importante.
— Et laquelle s'il vous plaît ?
— La peur.
— La peur ? Qu'est-ce qui vous fait dire cela ?
— Peut-être le discours décousu de notre grand homme.
— Expliquez-vous !
— Selon lui, nous sommes tous endormis, dans un état léthargique. Londres est une ville morte, l'Angleterre, le Royaume Uni sont des endroits voués à la torpeur et à la destruction.
— Je vois que vous subissez un peu son influence.
— C'est difficile de ne pas être à l'écoute d'une voix qui clame sa différence dans le désert et qui a un message à faire entendre. Je crois qu'il souffre profondément et en silence de sa situation.
— Continuez à analyser son discours littéraire, mais je vous rappelle que c'est son état psychique qui m'intéresse avant tout. Où en est-il ?
— Il ne se confie que très peu.
— Arrangez-vous comme vous voulez mais vous devez le faire sortir de sa coquille.
— Facile à dire plus qu'à faire. L'homme est intelligent et …
— Votre rôle est de prévenir une catastrophe, rappelez-vous ! Tout ce qu'il dit ou fait mérite la plus grande attention.

VII

Eduardo était à Cannes depuis quatre jours. Il avait prévu de rentrer plus tôt en Angleterre mais la blessure au bras occasionnée par les crocs du chien avait nécessité des soins immédiats.

Or, la police était déjà au courant pour l'attaque contre les deux femmes et s'il s'était présenté dans un cabinet médical ou dans un hôpital pour se faire soigner, un rapprochement aurait pu être fait entre la mort du chien et sa morsure. Il n'était pas question de prendre le moindre risque. Sûrement que tous les médecins et hôpitaux devaient avoir reçu des consignes à ce sujet. Aussi avait-il dû combiner avec le réseau souterrain de son frère qui connaissait beaucoup de monde. Un docteur italien avait soigné tout cela en secret.

Pour cacher ses pansements, il portait des manches longues, ce qui le gênait bien un peu mais surtout lui semblait totalement ridicule avec ce beau temps. Cependant il faisait contre mauvaise fortune bon cœur.

Du côté des diamants, les choses n'avaient pas traîné. En prenant son petit déjeuner dans le bar de son frère, il apprit la mort de Josy en lisant le journal local deux jours après leur intervention. On avait retrouvé son cadavre atrocement mutilé dans un terrain vague. La police n'avait pas de piste en apparence. Depuis deux jours, le journal faisait sa une avec l'affaire.

Le bar était désert car les habitués avaient gagné leurs bureaux et c'était l'heure creuse avant le déjeuner. Seul un livreur buvait un café au comptoir.

— Mario ! Viens ici quand t'auras une minute !

Mario s'assit à la table 18 qu'affectionnait particulièrement Eduardo.

— T'as lu le journal ?

Et il le présenta à son frère qui n'avait pas encore eu le temps de lire les détails de l'affaire. A la fin de sa lecture, ils se regardèrent en silence.

Après un moment, Eduardo reprit :
— Ils ont dû la torturer à mort.
— Oui, et elle leur a sûrement dit comment elle a volé les diamants, mais n'a rien pu leur dire sur l'endroit où ils sont, puisqu'elle ne sait rien elle-même. Et on en a la preuve.
— Quoi donc ?
— Le fait que toi et moi sommes ici tranquillement installés, sans nous soucier davantage d'être reconnus et sans personne à nos trousses.
— Tu m'as l'air bien sûr de toi.
— Mais c'est inévitable. Tu peux te dire que si Josy avait eu le moindre soupçon sur moi, elle l'aurait bien lâché sous la torture et nous aurions eu de la visite depuis longtemps. Quant à la police, on n'en parle même pas.
— Et l'autre fille ? Le journal ne la mentionne même pas.
— L'autre fille n'est pas dans le coup. C'est une copine proche de Josy mais elle n'a pas été impliquée dans le vol des diamants. Les trafiquants ne la connaissent pas. Elle a vraisemblablement décidé de disparaître.
— En tout cas, Josy ne savait pas où elle mettait les pieds.
— Je suppose que non. Et sans notre intervention, je me demande ce qui lui serait arrivé de toute façon. Elle a voulu jouer dans la cour des grands mais elle n'était pas de taille.
— Il faut que je rentre à Londres. Je n'ai plus rien à faire ici.
— Tu as raison. Mais ton bras ?
— Il commence à aller mieux. J'aimerais rentrer demain.
— D'accord, je t'arrange un transport pour l'aéroport. Quant au chargement, on va faire comme convenu. Tu n'as pas à t'inquiéter pour cette affaire. Elle est classée.
— Classée ! Tu vas quand même un peu vite.
— Je veux dire qu'elle sera sans suite. On a été vu par personne et la police ne pourra jamais savoir ce qui s'est réellement passé. C'est l'occasion qui va nous prouver que le système mis en place est infaillible.

Et ce disant, il se mit à tapoter le centre de la table 18 en clignant de l'œil à son frère.

VIII

Ici Free Radio ! Vous êtes en compagnie de Cat Westwood pour passer la nuit en musique !
Free Radio ! La radio où tout le monde peut dire ce qu'il veut, la radio sans interdit.
Musique !

Derrière la vitre du studio, le technicien du son était à moitié endormi. Depuis deux ans qu'il travaillait avec Cat, Derek avait tout vu, tout entendu et plus rien de ce qui venait de Cat ne semblait l'atteindre ni le surprendre.
La chanson s'achevait et Cat reprenait :

On s'amuse bien à Paris. Avez-vous lu la parution du dernier roman qui agite la capitale des Froggies ? La Princesse et le Président, le roman de l'académicien et ancien président de la République française, Valéry Giscard D'Estaing. Nous, on l'a lu, et on veut vous éviter de perdre votre temps avec pareil bide.

On a du souci à se faire pour la réputation de l'Académie française, si la qualité de ses autres membres descend au niveau de celle de Valéry (pas le poète), le président.

Qu'est-ce qui a bien pu lui passer par la tête pour essayer de nous faire croire (l'a-t-il d'ailleurs vraiment cru lui-même ?) qu'un vieux coincé de son genre ait pu, l'espace d'un instant, intéresser un diamant comme Lady Di ? Les seuls diamants que Valéry puisse jamais posséder sont ceux de Bokassa.

Il est bien parti ce soir s'il commence par pilonner les Français, se disait Derek.
Il pressa un bouton et la musique fit irruption dans les écouteurs de Derek qui adressa un pouce levé à Cat.

Bonne nuit Londres ! Réveillez- vous ! C'est l'heure de sortir et de se défoncer ! Petite devinette à la ronde : qui peut me dire de quelle couleur est la culotte de la reine Elizabeth ce soir ? Vous avez quelques secondes pour donner la réponse.

Derek leva les sourcils en signe de perplexité.
Encore la reine, toujours la reine, pensa-t-il. Il devrait la lâcher un peu, car ce n'est pas ainsi qu'on va augmenter le nombre de républicains...
Une nouvelle cascade de musique s'écrasait dans les oreilles de Derek qui balançait la tête de gauche à droite. Il arrivait à se droguer par le bruit, à force de vivre avec lui, de s'en imprégner, de se laisser emporter par lui, l'esprit relâché, totalement décontracté. De l'autre côté de la vitre, Cat se concentrait sur le prochain sujet de scandale qu'il allait balancer sur les ondes.

La City dort-elle ? Peut-on penser un instant que ces chapeaux melon qui brassent les millions ont même une heure à consacrer au repos de leur corps ?

Quelques secondes de silence.

Non ! Non ! Non ! Ils ne dorment pas, ils thésaurisent. Mais aussi, ils dorment mal, car c'est dans l'Ecclésiaste : « Doux est le sommeil du travailleur, qu'il ait peu ou beaucoup à manger, mais l'abondance du riche l'empêche de dormir. »
On n'est pas d'accord avec tout ce que dit la Bible, mais parfois, ya du vrai dedans !
Ils ne sont pas à plaindre, les Golden Boys. Ils ont choisi leur sort, et ce n'est pas au milieu d'une crise financière que je vais verser des larmes sur eux.

Nouvelle rasade musicale.
Cat s'était levé et se déhanchait, les yeux clos, la bouche ouverte, les bras s'agitant en de grands moulinets lents. Il se concentrait sur le sujet central de la soirée, Derek le savait au comportement corporel de Cat, toujours ce rythme assez lent, ces mouvements fluides et amples, ce marmonnement incompréhensible mais harmonieux qui sortait de sa bouche...

***

Dans son pub londonien, Eduardo aimait bien écouter Free radio. Le plus souvent, c'était à l'heure de fermeture, lorsqu'il se retrouvait seul et avait besoin de se décontracter avant de se coucher.

Il montait alors le son de la radio et se régalait en écoutant l'impertinence de cet iconoclaste de Cat Westwood, qui ne respectait rien et pour qui il n'y avait pas de limites.

Il appréciait particulièrement ses blagues sur les Froggies. Etant lui-même français, il aimait à rire de ses compatriotes vus par un Anglais. Vraiment, très comique. Toujours caustique, mais jamais vraiment très méchant. Après tout, Anglais et Français restaient les meilleurs ennemis.

Il hocha la tête. Ah ! Giscard, bien vu le coup des diamants de Bokassa.

Il se mit alors à rêvasser à ses propres diamants. Eh oui, il en avait maintenant lui aussi, quelques petites pierres brillantes. Il allait pouvoir se payer ce qu'il voulait, corrompre à n'en plus finir, séduire les femmes les plus hautaines, enfin être comme un Golden Boy mais sans être un produit de l'establishment financier de la City.

IX

Carter aimait combiner l'utile et l'agréable. Le rendez-vous avec son homologue français avait été fixé sur la Côte d'azur. En effet, Carter affectionnait le Midi de la France et tenait chaque fois que possible à y passer quelques jours.

Le soleil, les palmiers, la mer, l'atmosphère détendue le changeaient tellement des frimas londoniens qu'il se prenait parfois à rêvasser d'émigrer dans cette Provence magique.

M. Legrand, commandant dans les services du contre-terrorisme français n'avait manifesté aucune objection à cette rencontre à Cannes où ses obligations l'amenaient assez souvent.

Carter avait proposé un bar sur le bord de mer. Il connaissait déjà l'endroit et se réjouissait à l'avance de se retrouver là.

Lorsqu'il poussa la porte, il aperçut M. Legrand déjà assis à une table en retrait.

— Bonjour, mon ami !
— Hello, old branch !

Les deux, bien que s'étant peu rencontrés, se connaissaient assez bien de par les nombreux renseignements que leurs services ne cessaient d'échanger. En effet, les intérêts franco-britanniques avaient de plus en plus tendance à se rejoindre sur certains sujets en ce début du XXIe siècle.

— Comment va Sa Majesté la reine ?
— Tout aussi bien que votre fringant président.

Ils commandèrent deux cafés et un croissant au beurre pour Carter.

— Attention à votre taille ! Pas trop de beurre ! Carter émit un léger grognement.

— Sachez qu'en Angleterre, je fais très attention à ma taille. Ce n'est que lorsque je viens dans votre pays que je fais des excès. Mais comment peut-on résister ?

Et il mordit à pleine dents dans son croissant.

L'échange d'aménités dura quelques minutes pendant lesquelles chacun taquina l'autre sur les faiblesses ou les excentricités de son pays.
Enfin Carter se fit plus discret et s'approcha de Legrand.
– Vous savez que nous avons des difficultés en ce moment.
– De quel genre voulez-vous dire ?
– Je parle de terrorisme intégriste.
Legrand hocha la tête.
– Je ne vis que dans les fatwas. Du matin au soir. C'est à en devenir dingue !
– Si vous croyez en dieu, cela peut vous inspirer.
– Ce n'est pas le cas, mais cela me permet de me distancer et de garder un regard objectif et non idéologique sur le problème.
– Prenez garde de vous convertir à l'islam tout de même !
– Pas de danger là-dessus. Mais sachez que je commence à voir certains aspects positifs dans cette religion.
– Oui, mais les fatwas !
– Oui, bien sûr que c'est négatif ! Je suis en train de découvrir tout cela et c'est encore assez récent pour moi. Vous savez, il y a des moments où l'importance du problème a de quoi impressionner.
– Comme quoi par exemple ?
La voix se fit plus confidentielle.
– Comme quand on est chargé de la sécurité d'une personnalité sous surveillance.
Puis après un moment, il murmura :
– C'est une de mes fonctions. En ce moment, je m'occupe de près d'un gros poisson, mais je ne peux pas dire son nom.
– Bien sûr, je comprends.
– Je peux simplement dire que c'est un des plus connus. Et il est fascinant. Mais revenons à nos moutons. La situation en Angleterre est très tendue. Nos services nous indiquent une activité accrue. Nous pensons qu'il pourrait se préparer quelque chose. D'après nos renseignements, on a repéré un ressortissant français qui est particulièrement véhément. Il nous faut des renseignements sur cet individu.
Carter sortit une enveloppe de sa poche et la posa sur la table.

— Vous comprenez que cette situation pourrait devenir très embarrassante pour votre gouvernement.

Legrand ouvrit l'enveloppe, feuilleta le dossier et jeta un coup d'œil sur la photo :

— Ce n'est pas un nom très français, laissa-t-il tomber.

— C'est un français d'origine iranienne.

— Bon, nous verrons ce que nous pourrons faire. D'autre part, s'il s'avère que des ressortissants français sont impliqués dans ce que vous craignez, nous aimerions participer à cette opération, si vous n'y voyez pas d'inconvénients.

Carter hocha la tête.

— Nous vous enverrons donc probablement quelqu'un au moment opportun. Mais pourquoi cette affaire est-elle si importante ?

— Je ne peux pas tout vous dire. Mais sachez seulement qu'il y est question de mener à bien une fatwa.

— Rien de très nouveau ces temps-ci.

— Sauf qu'il ne s'agit pas de lancer une fatwa, mais de la conclure. Nous avons des éléments qui nous font craindre le pire.

— Contre qui bon dieu ?

— Je ne vous dirai pas son nom, que vous connaissez. Mais si vous considérez l'origine de votre ressortissant impliqué, vous regardez d'où vient le coup.

Legrand réfléchit un moment puis émit un sifflement.

— Bigre ! C'est de la dynamite.

— Je vous l'avais laissé entendre. Et je suis directement concerné, car je suis chargé de la surveillance rapprochée de ce personnage.

— Je comprends votre inquiétude. On va essayer de faire quelque chose.

***

Mario ferma la porte du bar à clé. Les derniers supporters du Rugby Club Toulonnais étaient des coriaces et il lui avait presque fallu se faire menaçant pour faire respecter l'heure de fermeture de l'estaminet. Il ne voulait pas provoquer d'esclandre avec les voisins et cherchait à garder un profil très bas.

Pourtant, il aimait bien cette atmosphère conviviale du rugby, les chants, la bonne humeur et il se laissait volontiers gagner par l'euphorie, les soirs de grandes rencontres.
Mais ce soir, il avait plus important à faire.
Il monta à son bureau, ferma la porte à clé derrière lui et ouvrit une armoire à l'aide de son porte–clés. Il arrêta l'appareil d'enregistrement, le rembobina et mit le casque sur ses oreilles. Tout en savourant un cigare, il écouta un enregistrement avec la plus grande attention, prenant des notes écrites.
Il jeta un œil sur l'écran et vit la photo. Il mit l'appareil sur pause et prit un cliché. Dans sa tête, les idées passaient à toute vitesse :
Une fatwa ! Intéressant ça. Et très original pour une fois. On peut faire un joli coup ici, simplement en relayant une information. Ya vraiment quasiment rien à faire sauf à bien négocier le filon.
Faut que j'en parle au frérot. Je me demande ce qu'il va en penser, mais moi, j'ai bien une idée.

***

Par la fenêtre du pub, Eduardo voyait la tour de Big Ben, à travers un brouillard peu épais, qui flottait dans les rues et s'accrochait à toutes les aspérités.
Il reprit le fil de ses activités. Le pub se remplissait, moitié touristes, moitié londoniens. Il était content de son affaire qui marchait bien. Même s'il avait fait un gros emprunt bancaire pour acheter son fonds de commerce, au train où les choses allaient, il sortirait du tunnel d'ici deux ans, d'après ses calculs. Et puis, il y avait les diamants !
C'est alors que son portable sonna. Et il lut le SMS : *Urgent. Contacte-moi. M.*
Aussitôt, il quitta son tablier, et dit à son barman qu'il s'absentait un moment. Il monta à l'étage et s'enferma dans son bureau où il appela Mario sur son portable.
– T'as reçu mon message ?
– A l'instant. C'est pourquoi je t'appelle, répondit Eduardo. Du nouveau ?
– Un gros morceau.
– Tu veux m'en parler ?
– Trop sensible. Faut qu'on se voie.

– Comme d'habitude ?
– Non, on se retrouve à Genève.
– OK.

X

Free ! Freedom ! Freelance ! Frisbee ! Freak ! Fric ! Vous connaissez pas ce dernier mot ? C'est normal, c'est un mot argot français. Fric, c'est l'oseille, le pognon. Ya kça d' bon dit la chanson.

Il lança le tube *Money* des Pink Floyd.

Money, get away
Get a good job with more pay
And you're O.K.

Money, it's a gas
Grab that cash with both hands
And make a stash

New car, caviar, four star daydream
Think I'll buy me a football team

Money get back
I'm all right Jack
Keep your hands off my stack ...

Le solo des saxophones et des guitares s'éternisait et Cat avait repris sa lente déambulation autour du studio, les bras grands ouverts, oublieux du moment. Derek ne s'inquiétait plus de tout cela, car il savait que Cat comptait sur lui pour faire la transition entre les disques. Derek savait même quand Cat était trop avancé dans ses méditations pour se préoccuper du choix du prochain disque et c'est souvent lui qui choisissait la musique.

Depuis longtemps régnait entre eux une grande complicité tacite. Derek savait que lorsque Cat dansait ainsi, c'est qu'il méditait son intervention suivante au micro. Il aidait donc l'artiste dans sa création en le débarrassant des contingences matérielles.

Money, it's a crime
Share it fairly
But don't take a slice of my pie

Vous avez entendu ? Mon argent est à moi mais ton argent est à moi. Voilà ce qui se passe aujourd'hui !

C'était une technique éprouvée de Cat de commenter à mesure le contenu des chansons et d'en faire des interprétations personnelles.

Money, so they say
Is the root of all evil
Today
But if you ask for a rise
It's no surprise that they're
Giving none away
Away
Away
Away
Away...

Cat revint en virevoltant vers son siège.

Et voilà où nous en sommes : vous demandez une augmentation, il n'en sera pas question. C'est comme ça pour tout le monde, tout le monde, sauf quelques-uns, oui les gros nantis de la finance qui travaillent avec notre argent.
Je voudrais parler des bonus aujourd'hui. Tout le monde sait ce que c'est mais peu en palpent.
Que veut dire le mot bonus ? Au secours, alma mater ! Mot latin, eh oui, qui veut dire : bon.
Qu'est-ce qui est bon Ce qu'on vous donne en récompense de ce que vous avez fait ? Ou bien ce que vous êtes, c'est-à-dire un banquier, assis tranquillement sur son fauteuil à roulettes à attendre que tombent les bonus ? Là est toute la question !
Chers amis, les valeurs sont inversées aujourd'hui. Un bonus était ce qu'on vous donnait quand vous l'aviez mérité

pour un service exceptionnel. Aujourd'hui, vous êtes le bonus qui reçoit un paquet d'argent parce que vous êtes assis au bon endroit au bon moment et vous tirez la couverture au maximum à vous. Plus vous êtes malus, plus le bonus est gros puisque c'est vous qui le contrôlez. Le malus a tellement d'attraits ! C'est Baudelaire qui avait raison avec ses Fleurs du Mal. Le mal, c'est bon, vivent les bonus !

Cat enchaîna avec le tube de Lisa Minnelli : *Money, Money* :

Money makes the world go around
...the world go around
...the world go around.
Money makes the world go around
It makes the world go 'round.

A mark, a yen, a buck or a pound
...a buck or a pound
...a buck or a pound.
Is all that makes the world go around
That clinking, clanking sound...
Can make the world go 'round.

Money money money money
Money money money money
Money money money...

Chers auditeurs, la nuit s'achève. Une lueur blafarde se lève sur Londres. Je vois les toits d'où s'élèvent vos miasmes sexuels dans la brume londonienne, et vraiment ce n'est pas ragoûtant... Non pas ragoûtant du tout.

Je dois vous quitter et vous annonce déjà pour notre prochaine séance, quelque chose d'original, de nouveau, de tendre et d'apitoyant, de drôle et d'effrayant. Je veux parler de la solitude qui règne sur notre capitale, mais pas de la solitude des cœurs, non, une solitude plus terrible, plus oppressante, plus étouffante encore, je veux parler de la solitude de l'esprit.

Oui, de l'esprit ! Ciao à toutes et à tous.

Money money money money

*Money money money money
Money money money...*

XI

Un rayon pâle tombait sur le lac. Sur le quai du Mont Blanc, les mouettes picoraient devant un hôtel caché par une rangée de drapeaux.

Une limousine s'arrêta le long du trottoir et un homme appuyé sur le parapet s'avança et monta à l'arrière.

— Heureux de te voir !
— Moi aussi !

Mario ferma le loquet de communication avec l'avant de la voiture où se trouvait le chauffeur. Eduardo qui venait de monter demanda :

— Alors, qu'est-ce qui se passe ?
— J'irai droit au but. Nous avons une nouvelle affaire, un peu différente des autres, mais qui promet. Dans le message, il y a un mot qui revient constamment, comme un leitmotiv, et ce mot fait froid dans le dos.
— Lequel ?
— Fatwa !
— Quoi ? Fatwa ?
— Oui, fatwa.

Il y eut un silence dans la voiture qui traversait lentement le pont du Mont–Blanc et se dirigeait vers le centre historique de Genève.

— On n'a jamais eu un truc comme ça.
— Je sais bien.
— Il faut laisser tomber.
— Laisser tomber ? Pas question.
— Ce n'est pas dans nos cordes, un machin pareil. Je vois pas où on peut aller avec ça. Nous, on travaille dans du solide. Là, tu rentres dans un autre monde, idéologique, fanatique, incontrôlable.
— Mais une fatwa a un objectif très concret. C'est l'élimination de quelqu'un qui gêne. Je crois qu'il faut que tu écoutes ceci.

Et il sortit de sa poche une mini cassette.

Mario fit jouer un mécanisme. Une tablette s'abaissa à l'horizontale, découvrant un équipement audio-visuel intégré dans le dos du siège devant lui. Il introduisit la cassette et actionna plusieurs boutons. Enfin ils entendirent une discussion entre un homme qui parlait avec un accent anglais très prononcé et à voix basse mais avec netteté et un autre à l'accent français :
— *Vous savez que nous avons des difficultés en ce moment.*
— *De quel genre voulez-vous dire ?*
— *Je parle de terrorisme intégriste. Je ne vis que dans les fatwas. Du matin au soir. C'est à devenir dingue.*
Mario avança la bande.
... quand on rencontre une personnalité sous surveillance.
— *C'est une de mes fonctions dans mon métier. Certaines de ces personnes sont des personnalités. On ne s'ennuie pas à leur entour. En ce moment, je m'occupe de près d'un gros poisson, mais je ne peux pas dire son nom.*
— *Bien sûr, je comprends.*
— *Je peux simplement dire que c'est un des plus connus. Et il est fascinant. Mais revenons à nos moutons. La situation en Angleterre est très tendue. Nos services nous indiquent une activité accrue. Nous pensons qu'il pourrait se préparer quelque chose.*
D'après nos renseignements...
Mario arrêta la bande et la mit sur avance rapide
— Je cherche un autre endroit plus intéressant dit-il.
Au bout d'un moment, il arrêta la bande et tâtonna un moment avant de la remettre en marche au passage suivant :
... que des ressortissants français sont impliqués dans ce que vous craignez, nous aimerions participer à cette opération, si vous n'y voyez pas d'inconvénients.
— *Nous vous enverrons donc probablement quelqu'un au moment opportun. Mais pourquoi cette affaire est-elle si importante ?*
— *Je ne peux pas tout vous dire. Mais sachez seulement qu'il y est question de mener à bien une fatwa.*
— *Rien de très nouveau ces temps-ci.*
— *Sauf qu'il ne s'agit pas de lancer une fatwa dans ce cas-ci, mais de la conclure. Nous avons des éléments qui nous font craindre le pire.*

– *Contre qui bon dieu ?*
– *Je ne vous dirai pas son nom, que vous connaissez. Mais si vous considérez l'origine de votre ressortissant impliqué, vous regardez d'où vient le coup.*
– *Bigre ! C'est de la dynamite.*
Mario arrêta l'appareil.
– Le reste de la conversation n'ajoute rien d'important.
– Je vois pas où tu veux en venir avec cet enregistrement. Il n'y a là que du vent.
– C'est une mine, je te dis.
– Une mine ? C'est trop politique, et pas du tout notre truc. Je ne vois pas comment exploiter ce filon.
– Je t'explique. Ce gros poisson vaut un gros paquet d'argent. Si on arrive à le repérer et à indiquer à ceux qui le cherchent où et comment ils peuvent le trouver, on touche le gros lot.
– C'est facile à dire comme ça.
– Mais réfléchis un instant : on n'aura pas à faire le sale boulot. On ne risque pratiquement rien dans cette affaire. Encore moins qu'avec les diamants. On est simplement des intermédiaires qui toucheront une grosse commission.

La voiture, après avoir traversé le pont du Mont-Blanc avait obliqué sur la gauche, en longeant le lac. Le jet d'eau se découpait clairement sur le ciel bleu.

– Je vais te demander d'activer tes contacts dans la communauté musulmane londonienne.
– Et je cherche quoi ?
– Tu dois identifier l'Anglais qui est sur l'enregistrement. Tiens, tu as sa photo ici.

Et il posa une enveloppe sur la table.

– Lorsqu'on saura qui c'est, il nous mènera tout droit au gros poisson que l'on cherche et alors on commencera la deuxième étape.
– Laquelle ?
– Trouver un groupe extrémiste islamiste qui sera intéressé pour finaliser la fatwa.

Eduardo émit un sifflement.

– Un sacré programme que tu as là !
– Oui, mais le plus dur est fait. Il nous suffit de suivre le fil conducteur maintenant. Toutefois, n'oublie pas que nous ne

faisons pas cela par idéologie. S'ils ne sont pas prêts à payer, il n'y a rien pour eux.
— Justement, tout ce plan que tu élabores, cela va coûter cher. Tu t'en rends bien compte ?
— Bien sûr, mais nous avons ce qu'il faut pour cela.
Et il sortit le sachet de diamants de sa poche intérieure.
— J'ai rendez-vous avec un diamantaire cet après-midi. Il nous faut les écouler. Je veux que tu viennes avec moi. On ne sait jamais.
— Tu as raison.
— L'argent qu'on en retirera servira en partie à payer les frais pour monter l'opération de recherches de renseignements sur cet individu à Londres. Et le reste ira dormir tranquillement dans nos coffres helvétiques.
— A propos, tu as eu des problèmes à la frontière ?
— Je suis passé par un poste-frontière dans la montagne. Ils ne fouillent pratiquement personne. Aucun problème.
— Et maintenant, allons boire un verre au Hilton.

XII

Le commandant Legrand se tenait debout face à la carte du monde.
Près de lui, son assistant personnel attendait les ordres.
— Je vous ai convoqué au sujet du capitaine Fleurac. D'après mes renseignements, il se trouve en mission commando quelque part en Afrique de l'Ouest.
— C'est exact mon commandant. Il y est exactement depuis trois semaines. Vous connaissez bien le capitaine Fleurac ?
— Oui, je le connais depuis assez longtemps. Je l'ai rencontré à son arrivée au COS. Il avait déjà une formation extrêmement solide. Imaginez : il a été formé au 2e Régiment étranger de parachutistes de la Légion étrangère, basé à Calvi en Corse. Après 5 ans de service, il a quitté la Légion pour entrer chez nous, au Commandement des Opérations Spéciales.
— Pourquoi a-t-il quitté la légion ?
— Il voulait absolument entrer au COS, récemment créé et qui correspond bien à son tempérament de baroudeur. Il a fait partie du 1er RPIMA de Bayonne, dans les forces spéciales de l'armée de terre. Puis il a été affecté à l'escadrille spéciale Hélicoptères (ESH) basée à Cazaux.
— Il a touché à tout !
— Et de plus, il a été décoré à plusieurs reprises pour faits d'armes exceptionnel : croix de guerre des Théâtres d'opérations extérieures au Kosovo, et croix de la Valeur militaire en Afghanistan. Ajoutez à cela qu'il maîtrise plusieurs langues étrangères, l'anglais, le français, l'espagnol et l'arabe. Vous voyez l'usage qu'on peut faire d'un homme pareil, surtout derrière les lignes.
— Où a-t-il appris ces langues ?
— Sa mère est anglophone. L'espagnol, il l'a appris à l'école et a souvent eu l'occasion de le pratiquer, vu qu'il a vécu l'adolescence dans sa Gascogne natale. Quant à l'arabe, il s'est découvert une passion pour la culture et la langue et il s'est mis à l'étudier depuis qu'il s'est engagé.
— Il a utilisé l'arabe dans ses missions ?

— Je pense qu'il a pu le pratiquer en Afghanistan et dans quelques missions ponctuelles au Moyen-Orient. Il a été engagé dans plusieurs opérations du COS en Europe, en Asie et en Afrique. C'est là qu'il doit être en ce moment, en train de combattre les rebelles dans le nord de la Côte d'Ivoire.

Legrand pointa du doigt le carnet de notes de son assistant :
— Envoyez un message pour qu'il revienne à Paris dès que possible. Je pense que nous allons avoir besoin de lui par ici.
— Bien, mon commandant. Et son commando ?
— Le commando continue le travail qui est déjà bien avancé. C'est Fleurac qu'il nous faut.

***

Ce qui préoccupait le commandant Legrand était la conversation qu'il avait eue quelque temps auparavant avec son homologue anglais Carter.

Bien qu'il connaisse assez peu ce dernier, il en avait reçu une bonne impression et se sentait prêt à collaborer avec lui. L'intérêt commun de leurs pays respectifs exigeait ce type de rapprochement qui semblait se généraliser au niveau européen.

Legrand voulait qu'on vienne à bout du terrorisme. Mais ce domaine était si vaste qu'une collaboration suivie avec l'Angleterre ne paraissait pas s'imposer actuellement. Sauf si des Français y étaient impliqués dans des activités subversives, comme cela paraissait être le cas.

Cette simple pensée donnait froid dans le dos à Legrand. Il fallait enquêter sur cela dès que possible, envoyer quelqu'un sur place pour en avoir le coeur net.

Certes les amis anglais donneraient bien quelques renseignements, mais partant de l'adage qu'on n'est jamais si bien servi que par soi-même, Legrand avait décidé d'envoyer l'un de ses meilleurs éléments, le capitaine Fleurac.

Ce dernier ne s'attendrait pas à mener ses opérations d'infiltration et de contre-terrorisme dans un pays d'Europe de l'Ouest. Il était habitué à sauter en parachute sur des territoires en guerre, équipé jusqu'aux dents pour mener ses opérations de destruction et de sabotage. Pas pour aller en découdre avec nos amis anglais en plein cœur de la capitale britannique.

Legrand souriait déjà en pensant au moment où il annoncerait à Fleurac l'endroit et l'objet de sa prochaine mission. Et il essayait d'imaginer la tête que ferait le capitaine en l'apprenant.

XIII

Les deux hommes s'observaient. Ils étaient habillés de la même manière, et leur ressemblance, à une certaine distance, était frappante.
— Ainsi vous voilà !
— Eh oui, comme annoncé.
— Je crois me voir dans un miroir.
— A y bien regarder, vous pourriez remarquer des différences entre nous. Sachez par exemple que je dois me blanchir la barbe pour vous ressembler, car la mienne reste naturellement noire.
— A regarder vos mains, quoiqu'elles soient ressemblantes, elles ne pourraient pas tromper un examen attentif.
— Pourquoi dites-vous cela ?
— Regardez vos ongles !
— Oui, et bien ?
— Ils ne sont pas du tout comme les miens.
— Et en quoi se différencient-ils donc ?
— Regardez ici, ici et là aussi. Vous avez des marques blanches sur les ongles. Je suppose que Scotland Yard ne juge pas nécessaire de faire coïncider les ressemblances jusqu'à ces différences qui ne sont que passagères.
— Je n'aurais en effet pas moi-même pensé à cela.
— Les marques blanches signifient une carence de fer, de calcium ou de magnésium si je me souviens bien. Alors de quoi manquez-vous ?
— Pour tout vous dire, j'ai parfois des carences en calcium.
— Eh bien, si vous voulez vraiment me ressembler ... jusqu'au bout des ongles, à supposer que vous remédiiez tout de suite à ces carences et que disparaissent les marques, vous ne serez vraiment comme moi que dans, voyons, ... environ trois à six mois, le temps nécessaire pour renouveler un ongle entier au doigt.

Ils changèrent de position et se mirent à tourner en cercle dans le même sens, mais tout en restant toujours à la même distance.
— Votre évasement de nez est admirable, exactement comme le mien.
— Je n'y suis pour rien. Cela est naturel.
— Et cette cicatrice, là, au-dessus de cette pommette, est-elle naturelle ?
— Eh bien non, la chirurgie esthétique a dû œuvrer pour me rendre conforme au modèle.
— Ainsi vous avez été jusqu'à vous faire travailler la chair pour me ressembler ! Voilà qui, vu sous un certain angle, peut paraître flatteur.
— Il y a certains pays où la misère pousse les gens à attraper volontairement le SIDA afin de pouvoir être nourris dans l'hôpital où ils sont pris en charge.
— Votre comparaison est un peu forte !
— Peut-être me suis-je laissé emporter, excusez-moi.
Rachid Suleman regarda l'homme plus attentivement.
— Vous me semblez cultivé. Quelle est votre profession ?
— Actuellement, sosie.
Rachid Suleman ébaucha un sourire.
— Et à vos heures perdues ?
— Je suis écrivain aussi.
— Que le monde est petit ! Je suis entouré de lettrés dans ce monde de Scotland Yard que je croyais étriqué.
— Scotland Yard doit s'adapter à chaque situation. Le contexte vous entourant est vraiment politico-littéraire. De plus, lire vos ouvrages n'est pas donné à n'importe qui.
— Qu'écrivez-vous ?
— Des romans d'espionnage. Pas du tout le genre de vos livres.
— Ah ? Vous tirez donc vos idées d e votre profession elle-même !
— Oui, je joins l'utile à l'agréable, si je puis dire. Mais ceci n'est que dans le cas présent. Mon physique m'empêche d'être le sosie de quiconque n'est pas vous.
— J'espère que vous ne regrettez pas d'être mon double.
— Au contraire, c'est très enrichissant. Tout d'abord la lecture de vos livres fut très édifiante. J'ai beaucoup appris.

— Je remarque chez vous un effort de tenir un discours très achevé, un style très soutenu.
— C'est exact. Mais ce n'est pas parce que je suis en votre présence. C'est simplement que je pratique pour le cas où je devrais un jour vous remplacer devant la presse ou la foule.
— Souhaiteriez-vous participer à une conférence de presse ?
— Pourquoi pas ? Je suis sûr que cela serait à la fois très excitant et probablement aussi enrichissant. Sauf que le danger dans un moment pareil est beaucoup plus grand que lorsque vous êtes ici au chaud et moi chez moi.
— Avez-vous des questions à me poser ?
— Pas sur les idées de vos livres. Je vous ai déjà beaucoup étudié, dans vos ouvrages, vos discours, j'ai vu des vidéos, des films, des interviews. Je vous connais bien, vous savez. Je suis venu aujourd'hui parce que je voulais vous voir, éprouver votre présence physique, sentir votre aura. Rien ne remplace la présence réelle. Ce que je vois maintenant m'apporte beaucoup.
— Si vous me connaissez si bien, vous connaissez aussi mes idées ?
— Oui, bien sûr.
— Et ?
— Et quoi ?
— Vous les partagez ?
— Je n'ai pas à me prononcer là-dessus, même si je dois prétendre les avoir enfantées.
— Et moi, je ne sais quasiment rien de vous qui êtes moi.
— Cela n'a aucune importance. Par contre, j'aimerais bien, si nous avons l'occasion de nous revoir, savoir quel scénario futuriste vous entrevoyez à la crise morale de notre époque.
— Oui, cela pourrait être une discussion intéressante. Etes-vous musulman ?
— Je ne suis que la copie de votre enveloppe.
— J'aurais pensé qu'un musulman aurait pu vouloir être moi, simplement par affinité idéologique.
— Ce n'est malheureusement pas le cas. Cependant, cela ne m'empêche pas d'épouser certaines de vos idées.
— Vous commencez à me flatter. Je devrais me méfier !
— Non, je suis sincère. Vraiment.
Suleman voulait en savoir plus sur cet étranger qui l'intriguait.

— Accepteriez-vous de me revoir dans quelques jours ? J'aimerais continuer cet entretien. Et j'aurais peut-être une proposition à vous faire.
— Une proposition ? Je ne vois vraiment pas de quel genre de proposition il peut s'agir.
— Vous le saurez lorsque nous nous reverrons. Vous savez, un sosie, c'est un autre soi-même. Je sens que je devrais apprendre à vous connaître davantage.
— Si vous pensez que c'est important pour vous, je n'ai rien contre. Mais ma vie vous semblera bien terne en comparaison de la vôtre.
— C'est ce que vous pensez. Mais j'en suis parfois réduit à envier les existences simples, voire obscures, qui ne connaissent pas les affres dans lesquelles je me débats. Peut-être même qu'on pourrait aller jusqu'à dire que connaître son sosie, c'est se mieux connaître.
— Nous sommes en plein paradoxe.
— La vie est souvent un immense paradoxe.

XIV

Qu'est-ce qui est pire que d'être triste ? Je vous le demande. Quelqu'un le sait-il ? Seuls le savent ceux qui sont seuls. Oui, rien n'est pire que d'être seul. Oh ! Je sais, vous allez me dire que c'est souvent parce qu'on est seul qu'on est triste. Soit. Mais on peut aussi être triste pour d'autres raisons. Parce qu'on ne vous laisse pas seul par exemple.

On sait que nos sociétés modernes sont de grandes fabriques de solitude. Et ceux qui sont les plus entourés de gens sont souvent les plus seuls.

Etes-vous triste ce soir ? Alors, écoutez un peu de musique, cela vous changera les idées.

Derek lança le tube. *Nights in white satin* des Moody Blues. Il laissa la musique envahir l'espace puis la cantonna au rôle de musique de fond et reprit :

Etes-vous seul ce soir ? Etes-vous seul et triste ce soir ? Pensez-vous être l'individu le plus triste du Grand Londres ? Sachez qu'il y a des gens, près de vous, ici dans le Grand Londres, qui sont bien plus mal lotis que vous. J'en connais qui cherchent désespérément le contact, la simple reconnaissance d'existence et qui ne peuvent pas.

J'en connais un en particulier qui est là dans l'ombre, qui se cache, qui se terre, qui ne bouge pas. Il est possible qu'il écoute en ce moment cette émission et il est peut-être de l'autre côté de votre cloison. Car personne ne sait où il est. Il se cache pour sa survie et à cause de cela, il est désespérément seul.

La musique envahit tout l'espace pendant quelques secondes.

Vous savez de qui je veux parler ? Vous le connaissez, même si vous ne l'avez jamais rencontré. C'est une célébrité médiatique embarrassante pour nos autorités qui ont donc décidé de le garder caché. Je parle du grand, du célèbre, de l'original, du paria, du proscrit, du sulfureux, de la grande gueule, de l'inénarrable Rachid Suleman !

Derek qui se balançait sur les deux pieds arrière de sa chaise eut un tel sursaut que ses jambes glissèrent et la chaise se remit brusquement d'aplomb sur ses quatre pieds.
Qu'est-ce que c'est que cette histoire ? C'est nouveau ça ! Il se prit la tête entre les mains, s'attendant au pire.

Rachid, es-tu là ?
Sulemaaaaaaaaaaan ! M'entends-tu ?
Moi, je t'entends, nuit et jour, j'entends les battements de ton pouls sur tes tempes, sur ta gorge, et je ressens l'interrogation énorme, gigantesque qui sourd de toi : Pourquoi ? Pourquoi ? Pourquoi ?
La solitude de l'esprit est bien pire que celle des cœurs. Elle ronge, elle atrophie, elle liquéfie les seules certitudes qui restent encore à résister.
Oui, pourquoi ?
Pourquoi les religions vivent-elles des cycles décalés ? Pourquoi l'homme n'apprend-il rien dans ce domaine par
l'histoire passée ?
Pourquoi aujourd'hui, au XXIe siècle, vivons-nous encore comme au Moyen-Âge ?
Rachid, moi, je te dis, faut avoir des opinions vraiment enracinées pour se mettre dans un pétrin tel que le tien.
Ya peu de gens qui aujourd'hui ont des couilles comme toi. Et je te félicite !

XV

Salim était originaire du Pakistan. Il était arrivé en Grande Bretagne illégalement, après être passé par la France et le camp de Sangatte où il avait dû attendre plusieurs semaines avant de trouver une solution pour franchir la Manche.

Sur cet épisode, il restait très discret. Arrivé à Londres, il retrouva un cousin qui l'hébergea, le temps de trouver un travail.

Comme son anglais était approximatif, les possibilités étaient très restreintes. Un jour, son cousin lui donna l'adresse d'un emploi potentiel.

C'est ainsi que Salim se présenta au pub d'Eduardo. Le Français remarqua tout de suite la pétulance, la gaieté, mais aussi la vivacité du jeune homme qu'il décida de prendre à l'essai. Le fait que ce dernier ne parlait qu'un anglais approximatif n'était pas un problème, car Eduardo le plaça à la plonge où il n'avait aucun contact avec les clients. De plus, Eduardo et Salim avaient conclu un contrat oral qui stipulait que Salim, employé au noir, toucherait son mois en liquide. Ceci arrangeait les deux parties.

Très vite cependant, Salim se révéla d'une efficacité surprenante. Dès qu'il avait du temps libre, au lieu de sortir dans la rue pour griller une cigarette, il entrait dans le salon de thé qui était contigu au pub et là, il observait Eduardo préparer les croissants, les pains au chocolat et bien d'autres spécialités françaises et lui posait mille questions. Devant cet intérêt inattendu, Eduardo entreprit d'initier le jeune à la pâtisserie, et très vite Salim sut comment faire une pâte brisée, comment monter une pâte feuilletée à six tours, comment cuire les tartes. A tel point qu'Eduardo, après quelques mois, abandonna le contrôle complet de la cuisine à Salim.

Il s'établit vite entre les deux une connivence étroite et une solide confiance. Les amis de Salim venaient au salon de thé où ils étaient les bienvenus et Eduardo découvrit ce monde différent, celui des étrangers non européens qui vivaient à quelques rues de chez lui.

Salim était extrêmement dévoué à Eduardo qui l'avait littéralement sorti du ruisseau et lui avait à la fois donné un emploi, mais également et surtout, appris un métier. De ce fait était née entre eux une estime mutuelle qui dépassait le cadre de la simple amitié.

Dès son retour à Londres, Eduardo avait décidé d'agir. Le lendemain, il appela Salim, qui travaillait maintenant dans son salon de thé depuis plusieurs années.

Ils avaient convenu de se rencontrer après la fermeture du pub qui jouxtait le salon de thé. Salim était bien un peu surpris par les circonstances de cette réunion. Dès les premières paroles, Eduardo lui expliqua :

– Salim, on se connaît maintenant depuis longtemps, n'est-ce pas ?

– Oh oui, Ed. Au moins huit ans.

– Eh bien, c'est la première fois que je vais te demander de faire quelque chose pour moi.

– Demande et tu obtiendras. Pendant huit ans, c'est moi qui ai reçu. Si je peux à mon tour t'aider…

– Ma requête est d'ordre politique et concerne Scotland Yard. Salim parait surpris mais continua à sourire.

– Comment puis-je t'aider dans ce domaine ? Je n'y connais rien.

– Peut-être que tu ne peux pas, mais je vais te demander de réfléchir et d'essayer. Voilà : tu sais peut-être que Scotland Yard a sélectionné des consultants musulmans pour aider le gouvernement et la police contre le terrorisme. Ces consultants travaillent avec l'unité anti-terroriste. Le *Times* a révélé qu'un de ces consultants est recherché par Interpol. Tu es au courant de ce scandale ?

– Oui, mais cet homme est simplement suspecté car personne n'a encore produit de preuves claires prouvant son affiliation à des activités terroristes.

– Exact, mais il est, pour Interpol, sur le plus haut niveau d'alerte. Ce qui fait quand même un peu désordre. De plus, plusieurs autres officiers de police britanniques des services de haute sécurité viennent d'être identifiés comme espions d'Al-Qaïda. Ils ont été pris la main dans le sac par le MI-5. Ces officiers sont des taupes destinées à prévenir Al-Quaïda des opérations anti-terroristes. Ils sont originaires d'Asie du sud ouest.

— Oui, j'en ai entendu parler. Mais que d'histoires tu me racontes !

— J'ai bientôt fini. On peut supposer qu'il y a d'autres taupes infiltrées dans les services secrets. Et c'est là que tu interviens.

— Mais comment ?

— Voici quelqu'un qui travaille pour Scotland Yard. Il me faudrait son nom et si possible son dossier.

Salim réfléchissait.

— Je te demande d'activer le réseau de tes relations. Probablement que tu peux arriver à contacter une taupe qui donnerait ces renseignements. Je ne peux pas faire cela moi-même, tu comprends bien pourquoi. Mais toi, tu le peux. Tu es musulman, originaire d'un pays musulman. On ne se méfiera pas de toi comme de moi. C'est le nom de ce type sur la photo qu'il me faut, et rien de plus. Puis-je compter sur toi ?

Salim se leva.

— J'ai bien compris et je ferai ce que je pourrai, je te le promets.

Alors que Salim posait sa main sur le loquet, Eduardo lui dit:

— Tu ne me demandes pas pourquoi ?

— Je n'ai pas à le savoir. C'est ton problème. De toute façon, me le dirais-tu ?

— Non.

— Tu peux compter sur moi.

— Une dernière chose. Il faudra de l'argent pour cela. Ne t'en fais pas. J'ai ce qu'il faut.

XVI

Appuyée sur le parapet, la sentinelle fumait négligemment une cigarette. Le fusil à l'épaule, le béret en arrière, elle se leva et fit quelques pas mécaniquement, sans vraiment prêter attention alentour.

Soudain une forme bondit. L'arme à la main, l'agresseur saisit la sentinelle par derrière et lui donna un coup de poignard dans la gorge. Le soldat tomba au sol sans bruit.

Fleurac jeta un coup d'œil autour de lui tout en essuyant la lame ensanglantée de son poignard sur la veste du mort. Puis il se glissa dans le fossé et fit un signe. Aussitôt, plusieurs formes sortirent du sous-bois et convergèrent vers lui.

— Bien joué mon vieux, lui dit Michel, en lui envoyant une bourrade dans le dos.

— C'est maintenant qu'il va falloir bien jouer les gars. Je vous rappelle : pas de coup de feu jusqu'à mon signal. Regardez là en bas !

D'où ils se trouvaient, ils jouissaient d'une vue légèrement surélevée sur la base. Quatre hélicoptères étaient sortis des hangars, rangés en ligne droite sur le tarmac à bonne distance les uns des autres.

— L'objectif de la mission est devant nous. Destruction des deux du milieu tout d'abord. Ensuite, ce sera celui à l'est. Il faut essayer de garder intact de préférence celui à l'ouest, pour un dégagement plus facile selon le plan A. Je vous rappelle que si l'on doit avoir recours au plan B, il n'est activé que sur mon appel radio.

Ils hochèrent la tête. Michel tourna son pouce vers le haut.

Le commando se mit en mouvement, sans un mot. Chacun se dirigea vers son point de combat selon un scénario convenu d'avance afin d'investir l'héliport de plusieurs côtés à la fois.

Seul Michel resta sur place. Il déballa un lance-roquettes. Lorsqu'il eut chargé son arme, il s'allongea par terre et pointa l'arme en direction des hélicoptères. Il choisit le deuxième à partir de l'ouest. Ainsi, la fumée de l'explosion cacherait en partie l'hélicoptère à préserver. Il lui fallait maintenant attendre l'ordre de tirer.

***

Fleurac s'était rapproché du camp par le côté ouest alors que les deux autres parachutistes avaient disparu dans la direction opposée. Il pouvait, d'où il était, voir entièrement les deux hélicoptères les plus proches de lui, qui lui cachaient en partie les deux autres.

Il regarda sa montre. Sur le mirador, trois silhouettes se tenaient positionnées autour d'une mitrailleuse pointée vers l'extérieur du camp. Les soldats devisaient entre eux, en fumant des cigarettes. Jean et Alain devaient normalement avoir rejoint leur position.

Il appela Michel :
— 1 à 4, 1 à 4. Répondez !
— 4 à 1 : Ok.
— Feu !

Michel appuya sur la détente et la roquette jaillit. Elle explosa sur la cible dans une gerbe d'étincelles et de feu.

Il lui fallait maintenant s'occuper du mirador où les soldats étaient en train d'armer la mitraillette. Leur chef examinait à la jumelle la direction d'où venait l'attaque. Michel avait eu l'effet de la surprise ; il avait encore, pour sa deuxième salve, l'effet – moindre mais réel – de la cachette où il était.

Adossé dans l'herbe, il venait de recharger son lance-roquettes. Il se recala sur le ventre et fit dépasser le canon de son arme au-dessus du talus. Il n'aurait que peu de temps, il le savait.

Effectivement, le sergent qui scrutait à la jumelle les collines dans sa direction avait repéré la bouche du lance-roquettes et pointait un doigt vers lui, indiquant aux artilleurs où tirer. Michel remonta son canon le long du mirador jusqu'à l'endroit où les quatre poteaux se joignaient au plancher. Alors il fit feu au même moment qu'une salve balaya la terre autour de lui.

Il se blottit derrière le talus et entendit un craquement. Le mirador était en train de se briser et de tomber au milieu des cris et des bruits de balles.

Il sourit en rechargeant son arme. Puis, il visa le deuxième hélicoptère central et actionna son arme. Il toucha encore la cible mais il aperçut alors que son lance-roquettes s'était enrayé.
Il devait sur le champ lancer un message radio.

***

Suite à la destruction du premier hélicoptère, le camp sortit de sa torpeur. La confusion la plus grande régnait et Fleurac s'avança en rampant vers l'hélicoptère le plus proche. Il vit un groupe de deux hommes s'approcher en courant, probablement l'équipage, car ils étaient harnachés de blousons, de casques et de gants. Ils allaient tenter de faire décoller l'hélicoptère pour le préserver.
Fleurac sortit son pistolet et tira, attentif à ne pas atteindre l'hélicoptère. Le premier homme tomba en avant sur le ciment alors que le second roula sur le côté, et se glissa sous le cockpit, à l'abri d'une roue. Fleurac comprit en un instant qu'il ne pourrait déloger l'homme sans endommager l'appareil. Aussi, bondit-il en avant pour le neutraliser.
Ce dernier n'avait qu'un pistolet sur lui. Empêtré dans son équipement et surpris par l'attaque, il tâtonnait sa veste pour localiser son arme. Il arriva à la sortir juste quand Fleurac lui asséna un coup de crosse qui lui fit perdre connaissance.

***

Jean et Alain n'avaient repéré aucune sentinelle et avaient donc pu s'approcher de leur cible sans problème. C'est alors qu'intervint la destruction du premier hélicoptère.
Ils profitèrent de la surprise chez l'ennemi pour se rapprocher d'un hangar disposé en bordure du camp. A peine s'étaient-ils cachés derrière un muret en briques que le mirador s'écroula dans un craquement sinistre.
Alors qu'ils observaient les mouvements dans le camp, leur parvint le message radio suivant :
— 4 à tous, 4 à tous ! Objectif 2 détruit. Objectif 3 pour vous ! Je répète : objectif 3 pour vous !
— C'est à nous d'agir alors, cria Jean.

Leur mission était, en cas de besoin, d'attaquer tout objectif non détruit et de le détruire. Ils se regardèrent et, sur un signe de Jean, ils foncèrent vers le hangar. A l'intérieur, ils avisèrent une jeep non loin de la porte. Des groupes d'hommes s'agitaient à l'autre bout du hangar.

Ils se précipitèrent, chacun d'un côté du véhicule. Jean qui s'assit à la place du chauffeur ne trouva pas de clé. Mais il ne lui fallut que quelques secondes pour nouer les fils sous le volant et faire démarrer le moteur.

Alain faisait le gué.
— Ils nous ont repérés !
— Pas grave. Monte !

Et la jeep opéra un mouvement à 180 degrés pour surgir vers l'extérieur du hangar au moment où les premières balles sifflaient à leurs oreilles.

Jean avisa l'hélicoptère à neutraliser en bout de file. Déjà Alain avait sorti deux grenades. Assis à l'arrière du véhicule, les deux bras écartés, il tenait une grenade dans chaque main.

C'est alors que survint à l'improviste, de l'autre côté du hangar, un camion qui fonçait à toute vitesse vers l'autre bout du camp. Le chauffeur n'avait pas fait attention à la jeep et la collision paraissait inévitable.

En un clin d'œil, Alain décida de sacrifier une de ses grenades pour parer à ce danger imprévu. Il la dégoupilla et l'envoya rouler sous les roues avant du camion. Celui-ci fut soulevé par l'explosion.

***

Dans le camp, la panique du premier moment faisait place à une vive agitation. Les soldats se précipitaient sur leurs armes. Les choses allaient se compliquer.

L'explosion du camion qui était en train de brûler avait été si violente que la jeep, après avoir évité l'obstacle de justesse, reçut néanmoins un projectile dans le moteur, ce qui en bloqua la direction. La jeep se dirigeait droit sur l'hélicoptère.

— Saute ! On va s'écraser !
Alain et Jean sautèrent en même temps, chacun de son côté.

***

Michel assistait de loin à la bataille. Deux hélicoptères hors de combat, il fallait encore en détruire un. Il vit le camion exploser sous l'effet de la grenade. Il fronça les sourcils.
Ils se trompent de cible ! C'est l'hélicoptère qu'il faut atteindre !
Puis il vit la jeep exploser contre l'hélicoptère et il comprit que les choses prenaient une tournure inattendue.
Il sortit ses jumelles pour voir ce qui était arrivé à Jean et Alain. Il distingua une forme qui bougeait sur le tarmac.
A ce moment-là, la voix de Fleurac se fit entendre :
— 1 à tous ! 1 à tous ! Objectif 4 prêt à décoller. Repli immédiat ! Je répète : repli immédiat !
Michel fonça. L'explosion du camion puis celle de l'hélicoptère avaient causé un véritable chaos et le camp offrait un spectacle de désolation. Lorsqu'il arriva en bordure du tarmac, il rampa jusqu'au corps allongé qui tentait de s'éloigner du feu. C'était Jean.
— Je me suis cassé la jambe en sautant de la jeep !
— Et Alain ?
— Il a été tué par une grenade qu'il a tenu à faire exploser sous l'hélicoptère !
— Tu es sûr qu'il est mort ?
— Certain. Il a sauté de la jeep côté hélicoptère. En tombant il a roulé plus loin que prévu et il était tout près de l'hélicoptère au moment où la jeep l'a percuté. Il a été touché et la grenade a quasiment explosé dans sa main.
Michel regardait en vain l'amas de ferraille et le feu qui dévorait tout. Il remarqua simplement un béret seul, le béret d'Alain abandonné sur la piste.
— Il a été déchiqueté par la grenade qu'il tenait encore.
Et il indiqua vaguement de sa main la direction où l'hélicoptère se consumait.
Jean s'était cassé la jambe en sautant de la jeep. Michel le prit par le bras, le hissa sur sa jambe valide et le fit basculer sur son dos. Ainsi chargé, il fila vers l'ouest du camp, à travers la fumée.
Cependant, Fleurac avait investi le poste de pilotage de l'hélicoptère. Il actionna les manettes et se mit à faire démarrer l'appareil. Au bout d'un moment, les pales commencèrent à bouger très lentement.

Il brancha la radio et chercha la fréquence de sa base.

Michel n'en pouvait plus. Le poids de Jean l'accablait et chaque pas lui devenait difficile. Soudain, il vit l'appareil dont les pales bougeaient. Cela redoubla son courage et il rassembla son énergie pour faire la centaine de mètres jusqu'à Fleurac qui les avait repérés.

L'hélicoptère commença à rouler en direction des deux hommes puis s'arrêta, le temps que Michel bascule le corps de Jean dans l'ouverture et monte lui-même.

– Où est Alain ?

– Mort ! Rien à faire. Partons.

– Merde ! marmonna Fleurac entre ses dents en tirant le manche à balai.

L'hélicoptère s'éleva aussitôt et prit la direction du soleil couchant.

XVII

Rachid Suleman lisait un livre avec grande attention. Ses lèvres remuaient et il était apparemment en train de mémoriser une phrase qu'il répétait en jetant de rapides coups d'œil sur la page :
Je ne suis pas d'accord avec ce que vous dites, mais je me battrai jusqu'au bout pour que vous puissiez le dire.
Enfin, il reposa le livre sur sa table de chevet.
Ah ! Que j'aurais aimé rencontrer Voltaire !
Il se leva, fit quelques pas en long et en large, le dos légèrement vouté, comme un ours en cage.
Il pressa sur une sonnette. Au bout de quelques minutes, Gartland rentra après avoir frappé légèrement à la porte.
— Monsieur Gartland, je tenais à vous voir.
— Me voici M. Suleman.
— Voyons, il y a combien de temps que vous veillez sur moi ?
— Je ne sais exactement, mais cela fait plus de trois ans.
— C'est exact. Et j'aimerais vous dire que j'apprécie votre esprit tout autant que votre discrétion.
— Je vous remercie.
— Je sens que vos supérieurs vous ont choisi avec soin.
— Ils ont voulu mettre près de moi quelqu'un qui peut comprendre l'esprit d'un écrivain. C'est très intelligent de leur part. Je sais que vous avez une Maîtrise en littérature.
— Oui, c'est exact, en littérature française et aussi anglaise.
— Félicitations. Vous avez donc embrassé deux des grandes autoroutes littéraires de l'humanité. Ecrivez-vous ?
Gartland rougit sous l'effet de la question. Il ne s'attendait pas du tout à ce que l'entretien prenne une tournure personnelle.
— Eh bien, pour ne rien vous cacher, oui. Je dois avouer que je m'essaie à l'écriture.
— Mais c'est une très bonne chose que cela. Et vos … essais, ressemblent-ils à ceux de Montaigne ?

— J'aimerais bien, cela je peux vous le dire. Mais non, franchement, ce n'est pas dans le domaine philosophique que je me cherche.
— Et qu'est-ce donc alors ?
— C'est un domaine plus modeste, j'écris des nouvelles.
— Des nouvelles ? Excellent ! Combien en avez-vous donc écrites ?
— Je crois en avoir assez pour publier un recueil.
— Vous êtes donc un écrivain !
— Ne vous moquez pas !
— Mais pas du tout. Sachez qu'il y a beaucoup d'écrivains valables qui n'ont jamais été publiés.
Et en baissant la voix :
— Mais il y a aussi beaucoup de nuls qui ont déjà publié.
Et il adressa un clin d'œil à son interlocuteur en souriant. — Quel est pour vous la raison d'écrire ?
Gartland prit une forte inspiration. Il était en train de parler littérature avec un des génies de son époque. Il devait s'appliquer dans ses réponses.
— Je n'ai découvert que récemment la réponse à cette question, car au début j'écrivais par plaisir personnel. Mais je sentais bien que cela ne suffisait pas. Puis, en analysant mes nouvelles, j'ai vu qu'en fait, je racontais ma vie et mes expériences, par personnes interposées. Et j'ai compris que la raison d'écrire pour moi était un défouloir, un moyen de m'épancher comme si je m'ouvrais à un confident : je me confiais à la page blanche.
— Vous savez que souvent l'aspect personnel peut très soudain prendre une dimension beaucoup plus vaste, universelle même.
Gartland opinait, en buvant chaque parole du maître.
— C'est d'ailleurs le cas très concret des *Essais* de Montaigne. Rachid Suleman se tut.
— Je suis flatté de cette comparaison indirecte avec ce grand penseur, mais ne vous attendez pas chez moi à de tels sommets de cogitation.
— Vous savez quoi ? Je serais heureux de vous lire.
Gartland rosit sous le compliment.
— Vous voulez me lire ?

— Oui, et pour deux raisons : l'une est que vous écrivez, et votre conversation me laisse augurer que je ne m'ennuierai pas à cette lecture. L'autre, parce que vous êtes mon geôlier en quelque sorte ...
Gartland émit une protestation feutrée.
— Mon ... ange gardien, si vous préférez. J'aimerais vous connaître davantage, et notamment par les textes que vous écrivez.
— Ainsi, je peux vous porter mes écrits ?
— Mais bien sûr ! Je viens de vous le dire.
— Jamais je n'aurai osé vous demander pareille faveur !
Et il quitta la salle, tout empreint de cette conversation, oublieux du fait qu'il venait de discuter avec son protégé sans avoir gardé à l'esprit le rôle qu'il devait conserver en toute occasion : prévenir les besoins – et les écarts – de Rachid Suleman tout en cherchant à comprendre ses motivations et ne pas s'impliquer émotionnellement avec lui.

XVIII

Derek s'agitait sur son banc. Cat n'était pas encore dans le studio alors qu'il devait commencer dans cinq minutes. Or, il n'était jamais en retard.
Il appela sur son portable et attendit. Aucune réponse.
Va falloir que je m'improvise D.J. ce soir ! se dit-il.
Or cela ne lui plaisait pas. Il n'avait ni le bagout, ni l'esprit de répartie, ni le dynamisme de Cat. Certes, il pouvait prendre l'antenne un moment, sortir quelques blagues et passer de la musique, mais cela ne pourrait durer longtemps avant que les auditeurs ne commencent à se lasser et à appeler pour se plaindre.
Il commençait à organiser ses pensées quand la porte s'ouvrit brusquement et Cat arriva en courant.
– Excuse-moi, mais j'ai eu des problèmes.
– Quel genre ?
– Un sentiment bizarre, j'avais la sensation d'être suivi dans la rue.
– Ça va aller ? Tu veux que je te repousse de quelques minutes ?
– Non, non ! Pas question. Je suis là, c'est bon. Et, pour se décontracter, il entonna un long hululement dont Derek fut le seul à profiter. Puis il se saisit du micro et hurla :

Bonsoir à toutes et à tous ! Cat Westwood au micro, comme tous les soirs.

Et pour commencer, un grand classique du siècle dernier :« Bye Bye Love » de Simon et Garfunkel !

Bye bye love
Bye bye happiness
Hello loneliness
I think i'm gonna cry
Bye bye love
Bye bye sweet caress

Hello emptiness
I feel like I could die

Avez-vous déjà pensé que rien n'est pire que la solitude ? Vous vous trompez : le poison de la vie, « l'enfer, c'est les autres ».

Aussi, ne vous plaignez jamais d'être seul, car vaut mieux être seul que mal accompagné.

Peut–être que certains pensent que leur sort solitaire est pire que tout. Oui, je sais qu'il y a des exemples étonnants de cela, et nous pensons bien sûr à notre mascotte, l'inénarrable Rachid Suleman.

Analysons donc son cas un petit moment. Rachid n'est jamais seul : il a toujours une nuée de gardes du corps gravitant autour de lui. En réalité, Rachid s'est mis dans une situation où il ne sera plus jamais seul et parler de solitude à son égard est un contresens énorme.

Se sent-il seul, diront d'autres ? Voilà la question. On peut se sentir seul au milieu d'une foule. Mais peut-on penser que Scotland Yard lui laisse seulement le temps de se poser la question de savoir s'il se sent seul ?

A propos de Scotland Yard d'ailleurs, réfléchissez à ceci : la police cherche à tout prix à cacher Rachid Suleman, et on peut dire qu'ils font même du bon travail vu qu'on ne l'a jamais débusqué. Mais avez-vous pensé que

Si votre voisin est invisible, c'est peut–être LUI !

Si votre voisin ne fait jamais de bruit, c'est peut–être LUI !

Si vous vous demandez si vous avez un voisin, c'est peut-être parce qu'IL est là mais qu'il se cache !

Si rien n'a attiré votre attention sur votre voisin, c'est peut-être qu'IL est là, tout contre chez vous, de l'autre côté de la cloison.

Réfléchissez un moment : Scotland Yard veut faire dans la discrétion : donc, si rien n'est louche, le tout paraît très louche. Scotland Yard veut endormir les soupçons en ne montrant rien : si vous ne voyez rien, c'est peut–être un signe qu'il y a quelque chose.

Il est facile de démonter ces combines avec un peu de bon sens. Aussi, si vous pensez que vous êtes dans un *environnement qui correspond à ce qui vient d'être dit, vous avez deux solutions :*

1. allez frapper à la porte du voisin pour voir vraiment s'il y a quelqu'un, et peut-être LUI. Vous n'avez alors plus qu'à lui offrir une tasse de thé, si Scotland Yard vous le permet.
2. appeler Scotland Yard et leur dire que vous avez un soupçon sur la cache de Rachid Suleman et donc, si vous, vous avez assez de flair pour cela, ce ne sera qu'un jeu d'enfants pour les tueurs qui sont à ses trousses de le retrouver.
Si tous ensemble nous nous mettons à chercher Rachid, on est presque sûrs, tôt ou tard, de le trouver. Et alors on pourra le consoler de sa solitude.
Rachid, tu n'es pas seul. Nous sommes tous à ta recherche. Pour ton bien, car si nous découvrons où tu es, cela veut dire que tu es mal protégé. J'espère donc qu'on ne te trouve pas. Mais attention, sache que désormais des milliers d'yeux vont observer les espaces publics. Et on ne peut jamais rester complètement en dehors des espaces publics.

Cat se tut alors que la musique reprenait de plus belle :

Bye bye love
Bye bye happiness
Hello loneliness
I think i'm gonna cry...

XIX

Salim sortit de la station de métro Marble Arch. Il s'engagea dans la rue et prit la direction de Bayswater Road. A la deuxième intersection, il tourna résolument à droite et s'engagea dans Edgware Road.

Il réfléchissait à sa démarche. Il avait mûrement médité ce que lui avait dit Eduardo. Il devait faire le maximum pour son patron. Certes, la requête était inattendue et surprenante. Mais Salim ne se posait pas de questions sur les motivations d'Eduardo. Il se demandait plutôt comment convaincre la personne qu'il allait rencontrer.

La rue était longue et à mesure que Salim avançait, il lui semblait quitter Londres et arriver dans un pays différent : les commerçants étaient sur le pas des portes et discutaient en groupes, les garçons de restaurant vous poursuivaient dans la rue pour vous faire entrer chez eux, de tous côtés on voyait des boutiques d'art islamique.

Salim venait d'entrer dans le quartier de la diaspora du Moyen-Orient qui se regroupait dans cette région de Londres. Principalement peuplé de Chiites, ce quartier avait vu sa population musulmane croître sans cesse.

A quelques dizaines de pas après avoir traversé Seymour Street, Salim descendit quelques marches et frappa à une porte du sous-sol d'une belle demeure. Au bout de plusieurs secondes, la porte s'entrouvrit et une femme lui fit signe d'entrer sans lui dire un mot.

Il se trouva dans un couloir faiblement éclairé. De chaque côté, trois portes étaient fermées. L'hôtesse lui fit signe de la suivre et le précéda jusqu'à la porte numéro 5 qu'elle ouvrit doucement pour faire entrer Salim. Puis la porte se referma et Salim se trouva plongé dans une demi-obscurité.

Un jour blafard filtrait par une petite fenêtre. Il lui fallut quelques secondes pour deviner les contours des objets. Devant lui, une forme, en contre jour, était étalée sur un divan, prostrée devant un narguilé.

— Salam aleikoum.

— Aleikoum salam.
L'homme invita le nouveau venu à s'asseoir sur un pouf, face à lui. Salim avait du mal à distinguer ses traits dans le clair obscur de la pièce.
— On m'a dit que tu voulais me voir.
— C'est exact.
— Que veux-tu ?
— Je cherche un renseignement.
— Je recherche une personne.
— Tu cherches ou tu recherches quelqu'un ?
— Je ne l'ai jamais vu.
— L'homme prit le houka et le tendit à Salim qui se mit à fumer à son tour.
— Chercher quelqu'un est beaucoup plus difficile que rechercher quelqu'un.
— C'est pourquoi je suis ici.
— Voici mes conditions : anonymat le plus complet entre nous. Tu ne me connais pas, tu ne m'as jamais vu. On se revoit où et quand je décide. Enfin, tu payes 50 pour cent d'acompte et le solde à la livraison.
— Cela me semble correct.
— Quels sont les indices dont tu disposes ?
— Une photo et le nom de l'employeur.
— Cela devrait être suffisant.
Salim posa la photo sur la table. L'homme y jeta un coup d'œil en posant l'inévitable question :
— Et il travaille pour ... ?
— Scotland Yard.
— Scotland Yard ? Et tu crois que j'ai mes entrées où je veux ?
— On m'a dit que vous étiez le meilleur.
— Oui, mais Scotland Yard, c'est un autre niveau.
Salim attendait, sachant que l'autre faisait monter la pression pour faire monter le prix.
— Cela change le prix. Ce sera 10.000 livres sterling d'acompte. Et autant à la livraison.
Salim réfléchit un moment puis dit :
— C'est d'accord.
Ils se remirent alors à fumer leur houka en silence.

***

L'hélicoptère venait à peine de se poser sur la base militaire que l'ambulance se rangea à son côté. On transporta Jean sur une civière. Michel l'accompagna jusqu'à l'hôpital.
Avant de partir, l'ambulancier demanda :
— Capitaine Fleurac, êtes-vous blessé ? Avez-vous besoin de soins ? De médicaments ?
— Non, tout va bien. Merci.
Alors qu'il entrait dans le bureau, le sergent lui remit un pli arrivé quelques heures plus tôt.
— C'est urgent, mon capitaine.
Fleurac déplia le papier. Le commandant Legrand le mandait à Paris dès que possible.
— Sergent !
— Oui, capitaine.
— Je dois rentrer à Paris !
— Je sais. Nous avons déjà préparé votre transport. Un avion décolle ce soir à 18h00.
— Très bien !
Fleurac pestait intérieurement. Il aurait bien voulu continuer la mission contre les rebelles qui commençaient à donner des signes de faiblesse.
Il se dirigea vers le mess où devait le rejoindre Michel.

XX

Carter était tout agité. Il venait de lire le rapport de la nuit et cela ne lui plaisait pas. Pas du tout.
Alors que l'agence faisait tout pour garder un profil bas et éviter que l'on parle de ses activités, voilà qu'un D.J. faisait son beurre en étalant la vie de Rachid Suleman sur la place publique.
Waddams attendait dans son bureau.
— Alors Carter ? Du nouveau ?
— Oui, en quelque sorte.
— En quelque sorte ?
Et il fixa son regard sur son subordonné qui lâcha la nouvelle tout de go :
— Une radio a parlé de Rachid Suleman pendant la nuit !
— Ah ? Qu'ont-ils donc pu annoncer ?
— Ils n'ont vraiment rien annoncé de spectaculaire.
— Alors ?
— C'est le ton de l'émission qui surprend. Vous savez, ces D.J. cherchent à accrocher leur audience par tous les moyens. Et là, on trouve un mélange d'irrespect et de dérision, tout cela avec aussi un fort sentiment d'admiration. Enfin, assez difficile à saisir.
— Que savez-vous sur la source ?
— Nous faisons des recherches. Ceci nous tient à cœur, d'autant plus que nous avons été mentionnés.
— Nous ? L'agence ? Scotland Yard ?
— Voilà qui change tout. Vous vous rendez compte de ce que cela peut signifier ?
— Oui monsieur. Il faut préciser que c'est la deuxième fois que cette radio a parlé de notre protégé.
Waddams eut un geste d'impatience.
— Pourquoi ne m'avoir pas prévenu tout de suite ?
— On pensait que ce n'était qu'une allusion sans suite la première fois.

— Vous manquez de rigueur en faisant trop de suppositions. Il faut suivre la procédure, quitte à laisser tomber la piste par la suite, si elle se révèle fausse. Cela est beaucoup plus sûr que votre … approche dilettante.
Il respira profondément avant de continuer :
— Alors, qu'a-t-il été dit sur l'agence ?
— Et bien, on parle de nos méthodes qui sont analysées et … ridiculisées.
— By Jove ! Voilà qui est nouveau. Qui ?
— Le D. J. est un dénommé Cat Westwood. Il a aussi annoncé qu'il allait continuer ses émissions sur Rachid Suleman.
— Je veux tout savoir sur lui, ses fréquentations, ses origines, son parcours. Tout !

***

Le commandant Legrand attendait debout derrière son bureau.
Un coup à la porte. Fleurac entra.
Legrand serra la main du capitaine. Il prenait toujours plaisir à revoir Fleurac. Ce dernier incarnait à ses yeux la force vive de la France : de milieu assez modeste, d'une grande intelligence, et doué d'une volonté de fer qui lui avait permis de faire une carrière militaire exceptionnelle, Fleurac dégageait une assurance et un calme qui impressionnaient. Son teint basané, ses cheveux clairs et ses yeux bleus auraient pu le faire passer pour un Germain ou un Scandinave. Et pourtant c'était un pur produit du Sud-Ouest de la France.
— Alors, ces rebelles ? Vous arrivez à les mater ?
— Nous avons fait plusieurs missions derrière les lignes, avec pour objectif de détruire leur force aérienne. A notre connaissance, leur capacité de nuisance provenant des airs a été fortement réduite. Il faut encore une mission pour – je l'espère – terminer le boulot.
— C'est du bon travail que vous avez fait. Mais vous ne terminerez pas. D'autres s'en chargeront. On vous a fait venir pour des choses plus importantes.
Il s'arrêta un moment. Il voulait laisser à Fleurac l'occasion de commenter ce qui venait d'être dit, voire d'émettre un regret de ne pas terminer la mission.

— Je vous signale la mort tragique du sous-officier Alain Cazaux, mort en action.
— Oui, j'ai bien noté cela dans le rapport. Nous ferons ce qu'il faut pour reconnaitre son action courageuse.

Fleurac attendit la suite sans ajouter un mot. Parler maintenant serait du verbiage. Il ne s'en faisait pas pour la suite des opérations. Michel prendrait le relais. Et de toute façon, la mission était pratiquement terminée.

Legrand admirait la retenue de son capitaine. Ce sens du devoir, de l'abnégation, tous ne l'avaient pas.

— Nous avons besoin de vous sur un autre terrain d'opérations. Pour une mission d'un autre genre. Il faudra opérer à couvert, et en civil.

— En civil ?

Oui. Cela fait partie du métier. Nous parlons ici d'une opération très sensible, où la discrétion est primordiale. Cela se passera à Londres.

XXI

— Colonel, vous prendrez bien une tasse de thé. Waddams opina de la tête.
— Merci bien Monsieur Suleman, c'est avec plaisir.
Ils s'installèrent près de la fenêtre dans deux fauteuils qui se faisaient face.
— Alors, comment vous acclimatez-vous à ce nouveau havre ?
— Je viens juste d'emménager et, à force de changer de « havre », on fait de moins en moins attention à certaines contingences matérielles. Vous devez me comprendre.
— Bien sûr, mais nous devons nous assurer tout de même que vous jouissez du confort le plus élémentaire et de la sécurité la plus absolue.
— Mais je me demande si tous ces déménagements sont vraiment nécessaires. Cela crée des dépenses importantes tout de même. Et certains le pensent et le disent.
— Je peux vous assurer, M. Suleman, que vous êtes loin de rivaliser avec la royauté de ce point de vue-là.
— Mais là n'est certes pas mon intention. A propos, je viens de rencontrer mon sosie.
Suleman regarda le colonel droit dans les yeux. Ce dernier lui renvoya son regard :
— J'en suis content. N'est-il pas vraiment ressemblant ?
— Rien de surprenant à cela. C'est le propre d'un sosie. Mais pourquoi donc m'attribuer un sosie ?
— C'est une sécurité supplémentaire.
— Vous craignez donc que votre dispositif de protection ne soit plus suffisant ?
— En vérité, depuis votre anoblissement en juin 2007, les choses changent. On sent une tension beaucoup plus grande. La communauté musulmane en Grande Bretagne est en ébullition. Nous avons donc décidé d'augmenter nos mesures de sécurité.
— Vous posez-vous jamais la question du bien fondé de tout cela ?
— Tout quoi ?

— La sécurité, la défense, les intérêts d'état, la politique en un mot. Ce que l'on fait d'une main est ensuite défait par l'autre. Les ennemis d'hier deviennent les alliés de demain. Ce que l'on protège un jour devient sans intérêt par la suite.
— On peut se poser des questions effectivement. Mais ce n'est pas mon rôle. Je suis tenu de vous protéger par tous les moyens. L'utilisation éventuelle d'un sosie est l'un de ces moyens.
— Vous comptez lui faire prendre des risques à ma place ?
— Pour le moment, nous n'avons aucun scénario spécifique. Tout dépendra de la tournure des événements. Mais je pense que, même si la situation se détériore, vous n'avez rien à craindre dans un avenir immédiat. A propos, savez-vous que dans deux ans, je quitte mon poste pour prendre ma retraite ?
— Je vous envie de pouvoir penser à prendre votre retraite. Moi, je suis en retraite, sans l'avoir prise. Vous savez, j'apprécie fort ce que vous faites pour moi. Mais je dois vous dire que j'ai tendance à être pessimiste quand je pense à mon avenir. Je n'ai pas d'avenir sinon celui d'être toujours un fugitif et un paria.
— Les choses peuvent changer vous savez. On a eu droit à des retournements subits de situation auxquels personne ne croyait. Regardez l'écroulement de l'URSS ou la chute du mur de Berlin.
— Oui, vous parlez d'événements historiques imprévisibles certes, mais qui concernaient la marche de l'humanité et que l'affrontement d'immenses forces a amené à se produire. Mais lancer une fatwa, c'est planter la semence de la haine dans l'esprit de millions d'individus contre un seul. Et ces hordes de fanatiques n'écouteront plus rien. Vous imaginez : l'ayatollah Al-Shirazi qui est à la base de tout ceci a gardé sur les foules chiites un tel ascendant, il jouit d'un tel charisme que sa parole est gravée dans le marbre et rien ne pourra l'effacer sinon l'accomplissement de la fatwa qu'il a décrétée. Il n'y a pas d'autre issue pour moi que de contempler mon destin s'accomplir inexorablement.
Après quelques secondes, il ajouta :
— A l'exception des gens qui souffrent de maladie mortelle, je suis un des rares qui sait comment il va mourir.
— Ceci est faire peu de cas de notre efficacité.

– Désolé, colonel, mais quand j'entends le mot fatwa, j'entends sonner l'hallali.
– Croyez-vous que le fanatisme religieux soit le moteur de la fatwa vous concernant ?
– Il joue un rôle majeur, c'est certain.
– Oui, mais il y a autre chose. L'argent.
– L'argent peut jouer un rôle, mais pas sur le même genre d'individus. A l'époque de la fatwa de l'Ayatollah Al-Shirazi contre moi en 1989, un million de dollars avait été offert afin de motiver les ardeurs sanguinaires des sicaires. En 1997, la récompense à été doublée. Et pourtant rien ne s'est passé. A croire que l'ardeur religieuse des plus fanatiques s'est évaporée avec le temps.

Après un moment, Waddams ajouta :
– Ou que Scotland Yard fait bien son travail.
– Je ne critique pas votre travail. Sans vous, je serais déjà mort et enterré, c'est évident.
– N'oubliez pas tout de même qu'en 1998, par la bouche de son ministre des Affaires étrangères, l'Iran a été très clair sur le fait que le pays se dissociait de toute prime offerte et qu'il ne soutenait plus l'accomplissement de la fatwa.
– Hélas, ceci ne signifie pas grand-chose quand on sait qu'une fatwa ne peut s'annuler. D'ailleurs, l'Iran ne l'a pas fait. Et c'est tout ce que l'homme de la rue retiendra. Un illuminé cherchera à m'éliminer plus pour la gloire qu'il en retirera dans l'autre monde que pour une montagne de dollars.

Rachid Suleman était en train de s'exciter :
– Pour revenir à l'argent, s'il est le moteur, alors utilisons-le. Payons !
– Payons ? Qui ? Les millions d'individus qui rêvent de vous lyncher ?
– Non, rendons la monnaie de la pièce à ces petites frappes qui envoient d'autres faire le travail à leur place. Tout s'achète : un juge paie pour obtenir des renseignements, un état paie un Robin des bois financier qui lui fournit une liste de comptes illégaux à l'étranger, la police paie ses informateurs. Payons pour nous débarrasser des lanceurs de fatwa.
– Je vous ferai remarquer que les Robins des bois financiers ont tendance à devenir gourmands ces temps-ci. Quant à essayer d'éliminer les lanceurs de fatwa, l'idée pourrait paraître

séduisante si cela ne risquait d'une part d'en faire des martyrs et d'autre part de provoquer de nouvelles vocations pour les remplacer. Non, vraiment, cela ne me semble pas une idée réaliste.

S'ensuivit un long silence que Rachid Suleman brisa enfin :

– C'est donc bien ce que je disais : si je ne connais pas le lieu et l'heure, je connais en tout cas la raison pour laquelle je vais quitter ce monde.

XXII

L'homme tendit une feuille à Salim qui lut :
Carter, Jim, domicilié à 62 Clareville Street
Salim posa l'enveloppe de 10.000 livres sterling sur la table. C'était le deuxième paiement. L'homme entreprit de compter les billets comme la première fois. Il parut satisfait, fourra le tout dans la poche de sa veste.
— Nous ne nous reverrons pas. Mais avant de se quitter, je veux juste te dire quelque chose.
Salim se figea.
— C'est rare qu'on me demande des renseignements sur Scotland Yard, quoique tu ne sois pas le premier. J'ai une certaine affection pour les gens comme toi. On ne cherche pas à découvrir des secrets de la police pour lui faire du bien. Aussi, je pense que tu travailles pour la Cause.
Il lui tendit la main :
— Qu'Allah soit avec toi !
Salim se sentit mal à l'aise en serrant la main froide et raide de son interlocuteur.

***

Les doigts tambourinaient sur la vitre. Lentement, puis plus vite, enfin très vite, pour ensuite ralentir, s'arrêter un petit moment et recommencer le cycle.
Parfois, la tête s'éloignait de la vitre contre laquelle elle s'appuyait, puis revenait la frapper légèrement du front, une fois, deux fois, parfois même trois fois, avant de se coller à nouveau contre le carreau froid qui rafraîchissait le front brûlant.
— Ça ne sert à rien.
Après quelques secondes de silence, une voix reprit :
— Qu'est-ce qui ne sert à rien ?
— Tout ! Tout cela, tout ce que vous faites.
— Allons, allons, Mr. Suleman, un pareil excès de faiblesse ne vous ressemble pas.

— Je sais que vous n'êtes pas surpris de ce que je dis. Car vous qui me côtoyez, jour après jour, vous qui êtes ici à la fois pour m'aider et pour … m'espionner, – ne soyez pas choqué du mot, c'est bien ce que vous faites, même si vous pensez que c'est pour mon bien, – vous savez très bien comment je vais. Et vous ne croyez pas ce que vous venez de dire.

Après quelques secondes, il murmura :
— Et pourtant, je l'aime tant.
— Votre famille vous manque ? Voulez-vous que je les fasse venir ?
— Non. Il ne s'agit pas de cela.
— Mais de qui parlez-vous ? Vous aimez quelqu'un, quelqu'un d'autre ? Vous avez fait une conquête féminine ?

Rachid fit une grimace.
— Vous croyez que dans mon état, tout ce que je cherche à faire est de nouvelles conquêtes ? Mettez-vous un petit moment à ma place, Monsieur Gartland, car je vois que vous n'avez pas fait l'effort mental de bien comprendre ma situation : une bande de séides me traque pour me liquider. Je n'ai d'autre choix, jusqu'à la fin de mes jours, que la fuite, l'effacement, la non-existence.

Il s'arrêta brusquement, ému.
— Et vous pensez que j'ai l'esprit à la bagatelle ?
— Excusez-moi. J'avais cru comprendre …

Rachid fit un geste las.
— Oh ! Ce n'est pas grave.

Puis, après un petit moment, il ajouta :
— Oui, je l'aime tant ma belle religion, l'islam.

Gartland était tout ouïe. Le sujet devenait sensible et il devait être aux aguets. Mais il ne s'attendait pas à ce qui suivit :
— Mais vous, M. Gartland, qui êtes anglais, que pensez-vous de l'islam ?
— Euh, mon opinion vous intéresse ?
— Certainement, dans la mesure où vous représentez l'Anglais moyen, celui de l'opinion publique qui se nourrit à la mamelle du *Times* et de la BBC. Votre opinion peut être même très intéressante.
— Peut–être ne suis-je cependant pas un modèle typique. En effet, vous savez que je parle arabe et que j'ai passé du temps au Moyen-Orient.

— Oui, de ce point de vue-là, vous êtes un anglais typique du modèle colonial. Ce point de vue-là est important aussi, car les Anglais sont restés très colonialistes au fond, … malgré la décolonisation, ajouta-t-il avec un sourire railleur.
— J'adore la société de ces pays arabes où le temps passe différemment d'ici. Mais sur l'Islam, je dois avouer que je sais peu de choses, … comme la majorité de mes concitoyens.
— Au moins je dois avouer que vous êtes lucide sur votre ignorance et celle des Anglais.
— Mais nous apprenons tous les jours. Il n'est que de voir les coutumes musulmanes qui prennent pied ici dans notre pays.
— Il y a tant de choses à faire pour éduquer les uns et les autres. Aux Occidentaux, il faut révéler les beautés cachées de l'islam, occultées par des groupuscules de fanatiques qui ne parlent que de violence et d'intégrisme. Aux masses musulmanes, qui vivent sous la domination de quelques potentats qui les oppriment par la Parole interprétée à leur manière, il faudra encore peut-être plusieurs décennies, voire plusieurs siècles, pour faire tomber ces barrières moyenâgeuses qui les empêchent de comprendre la modernité. Mais la religion chrétienne n'est pas devenue spontanément ce qu'elle est aujourd'hui, une religion désincarnée de la chose politique, un univers purement spirituel. Et ce ne fut que récemment, au regard des siècles passés, que cette évolution s'est finalement dessinée.
— Certes, mais nous avons eu nos guerres de religion.
— Oui, mais vous en êtes sortis il y a bien longtemps. Ce recul doit vous permettre d'amortir le choc de l'islam. Vous avez peur que l'Europe ne s'islamise. Et je comprends cela. Mais la grande chance de l'islam est précisément là, dans ces foules qui ont migré vers l'Occident, et qui vont moins islamiser l'Occident qu'occidentaliser l'islam, le rendre compatible avec vos sociétés et en faire une religion comme les autres. Ce que vous voyez comme une menace pour vous est en fait peut-être la grande chance pour tous. Avec un islam pacifié, on relègue aux oubliettes le choc des civilisations.

***

Eduardo lisait la feuille que Salim lui avait remise.

— Tu as bien travaillé, mon ami.
— Si tu as encore besoin de moi, je serai là.
— C'est possible, dans quelque temps, que je te demande un dernier service. Mais celui-là sera beaucoup plus important et probablement beaucoup plus dangereux que ce premier.
Il tira de sa poche son portefeuilles et posa plusieurs billets dans la main de Salim.
— Je tiens à ce que tu prennes ceci.
— Mais pourquoi ? Je ne te demande rien.
— Je sais bien, mais j'insiste, Fais-moi plaisir.
— OK, c'est pour te faire plaisir.

XXIII

Le téléphone sonnait. Mario n'avait pas envie de répondre. Il était fatigué. C'était toujours la même chose : des faux numéros, des rigolos qui faisaient des farces, des démarcheurs qui cherchaient à vendre leur marchandise... Presque jamais ce que l'on attendait, une voix familière, la personne à qui l'on souhaitait parler.

Il en avait assez. Il regarda le téléphone. Cinq, six, sept sonneries. Il insistait celui-là, un vrai endurci. Il se tourna vers le client qui lui avait demandé un Martini.

— Rouge ou blanc ?
— Rosso, bien entendu.

Dans son inconscient, il comptait toujours les sonneries. Et il croyait maintenant en être à seize. Le client le regardait d'un air dubitatif, comme si Mario était un peu dérangé, oui c'est ça, même carrément cinglé.

S'il passe vingt coups, je réponds, se disait mentalement Mario. Il pensait que vingt coups, cela ne pouvait qu'être très important.

Il s'achemina lentement vers le bout du bar, sur lequel trônait le téléphone. Il s'essuyait les mains avec son torchon blanc, en fixant le combiné.

Dorénavant, je ferai cela, attendre vingt sonneries avant de répondre.

C'est au moment où il posait sa main sur le combiné que celui-ci s'arrêta soudain, plongeant le bar dans un étrange silence.

Mario soupira.

C'est pas vrai, pensait-il. Il s'est arrêté à vingt. Sans doute que l'autre aussi comptait et se disait que si personne ne répond avant vingt, il arrêterait.

Sur le visage du client, comme un sourire ironique.

Je vais lui casser la gueule à celui-là.

Pendant ce temps, dans la table du fond, un couple se faisait des confidences feutrées, haleine contre haleine.

Pas besoin de se demander de quoi ils parlent, ces deux-là.

Il avait oublié l'épisode du téléphone, intrigué qu'il était par le chapeau de la femme, un chapeau somme toute très élégant et qu'il n'avait pas vraiment remarqué auparavant.
Je dois me faire vieux, se disait-il.
— Tu réponds pas au téléphone ?
Il revint sur terre devant la face avinée du client affalé au bar.
— De quoi je me mêle ? Prends donc une autre rasade.
Et il emplit le verre jusqu'à ras bord, histoire de fermer le bec du quidam.
Il sentit alors la vibration de son portable contre sa cuisse. Il passa dans la cuisine, et lut le SMS suivant :
Urgent. Contacte–moi comme d'habitude. E.

***

— Allô ! Eduardo ?
— Oui. J'attendais ton coup de fil. On a du nouveau. On est sur une piste.
— Excellent. Quel genre de renseignement as-tu ?
— Tout ce qu'il faut. Un nom et une adresse. On ne pouvait pas rêver mieux.
— C'est bon. Les choses se précisent. Maintenant, il faut mettre sur pied une filature dès que possible. En toute discrétion.
— D'accord.
— Attention ! Ce type est un pro. Donc, il est nécessaire d'utiliser les grands moyens pour qu'il ne se doute de rien. Il faut le filer nuit et jour avec plusieurs équipes pour se relayer. Et prendre des photos, un maximum de photos. Et tenir un journal écrit. C'est par ce type que tout peut arriver. Il est notre seule piste.
— Je ferai ce qu'il faut.
— Si tu as du nouveau, contacte-moi tout de suite. Dans tous les cas, je me prépare et monte dans quelques jours.

***

Bill Huggins occupait un loft situé dans Wapping High Street, à l'est de la Tour de Londres.

De son appartement, il jouissait d'une magnifique vue sur la Tamise qui s'étirait en contrebas du bâtiment où il vivait, non loin du célèbre pub *The Prospect of Whitby*.

Il fronça les sourcils lorsque le téléphone se mit à sonner. Il était déjà plus de 11 heures du soir, une heure peu conventionnelle pour déranger quelqu'un en Angleterre.

− Allo ?

A l'autre bout du fil, une voix virile entonna :

− *Tiens, voilà du boudin, voilà du boudin, voilà du boudin, Pour les Alsaciens, les Suisses et les Lorrains,*

Bill se joignit à la voix qui continuait :

− *Pour les Belges, y en a plus,*

− Charles ! Espèce d'enfoiré ! Tu sais quelle heure il est ?

− Ya pas d'heure à la Légion.

− C'est vrai, mais on n'est plus à la Légion. Quel bon vent te fait m'appeler ?

− Je viens à Londres.

− Super ! Quand ?

− Demain. J'arrive à Victoria en fin d'après-midi.

− Tourisme ou affaires ?

− Affaires.

− Je m'en doutais ! Tu es toujours dans le coup ?

− Plus que jamais.

− Alors je nous réserve une bonne table pour la soirée.

− OK. A+.

Bill n'en revenait pas. Depuis plusieurs années, il avait perdu la trace de son meilleur ami, Charles Fleurac, qu'il avait connu à Calvi, en Corse, durant les années passées à la Légion étrangère. Et le voilà qui refaisait surface dans sa vie. Il sentait confusément que sa routine allait être perturbée très vite.

XXIV

– Colonel, j'ai sollicité cet entretien car je devais vous parler et je vous remercie d'être venu.
Rachid Suleman montrait un état de nervosité assez grand.
– Cela tombe bien, car moi aussi je tiens à vous entretenir de certains sujets. Peut-être voulons-nous nous parler de la même chose ?
– C'est possible.
Rachid Suleman s'approcha du colonel Waddams et le regarda bien en face :
– Il y a en ce moment comme un mauvais vent qui balaye Londres.
– Un mauvais vent dites-vous ?
– Je parle du vent mauvais dont l'haleine putride pourrit tout. Je m'inquiète. Je sens Londres vibrer d'une tension nouvelle.
– Oui, c'est perceptible en effet.
– Ah bon, vous aussi ? Et à quoi attribuez-vous cela ?
– A tout vous dire, je pense que vous n'êtes pas totalement étranger à tout ceci.
– Comment cela ? Que voulez-vous dire ?
– Je l'attribue, en partie seulement mais il faut tout de même le signaler, aux honneurs que vous avez reçu des mains de la reine lorsqu'elle vous a décoré. Le monde musulman dans son ensemble n'a pas du tout apprécié. D'ailleurs, une des conséquences directes de cet événement est qu'aussitôt après votre décoration, le montant de la récompense pour votre assassinat a été augmenté pour atteindre le montant de 2,5 millions de dollars !
– Oui, je sais. Et je trouve que c'est me couvrir de trop d'honneur. Mais en réalité, cette récompense de 2,5 millions de dollars m'empêche de dormir. Cela fait une sacrée somme d'argent. Et quelle idée de mettre un prix pour obtenir la mort d'un individu !
– C'est une pratique vieille comme le monde.

— Pour tout musulman, la fatwa est un décret divin et c'est un devoir de chercher à l'exécuter. L'argent n'est pas tout dans cette affaire. Ce que je crains le plus, c'est le non-musulman qui chercherait à encaisser le gros lot. Car vous savez bien que la personne exécutant la fatwa n'a pas à être musulmane. Même mes gardes du corps recevraient la prime s'ils accomplissaient mon assassinat ! Même vous !

Le colonel lui jeta un regard perplexe. Rachid Suleman était très agité.

— A propos, peut-on vraiment leur faire confiance ?
— De qui parlez-vous ?
— De mes gardes du corps.
— Ils ont été triés sur le volet.
— Je veux bien le croire. Mais la tentation ! La tentation ! Qui peut résister longtemps à 2.5 millions de dollars ? Parfois je tente de me mettre à leur place. Je les regarde et m'interroge sur les tiraillements moraux que certains doivent tout de même éprouver.
— Avez-vous une meilleure solution que ce que nous faisons actuellement ?

L'écrivain préféra changer le cours de la discussion.

— Une fatwa lancée contre quelqu'un est comme un cancer incurable. Il n'y a guère de solution devant un mal pareil. De toute façon, je veux rester ce que je suis : un écrivain qui parle pour défendre ce à quoi il croit. Changer d'identité serait renier ce que je suis, ce que je fais et cela ne m'assurerait probablement même pas la tranquillité totale d'esprit.
— Je vous comprends bien.
— Cependant, il y a autre chose. Savez-vous que, depuis quelque temps, une station de radio se paie ma tête. Cette radio m'exaspère et me sape le moral. Ne pouvez-vous lui clouer le bec ?
— Nous sommes dans un pays où existe le droit de s'exprimer.
— Mais il y a des limites ! Vous savez, colonel, les grands principes ont toujours un point faible, et si l'on refuse de le reconnaître, on en pâtit plus tard terriblement. C'est ce qui est en train d'arriver à ce pays. Recevoir des insultes gratuites, est-ce cela le fruit de la liberté de parole ? Je suis pour la tolérance,

mais pour une tolérance réciproque. Nous sommes loin du compte.
— Mon rôle est de vous protéger et nous faisons tout ce qu'il faut pour cela.
— Non seulement on cherche à m'abattre, mais en plus on me sape le moral.
Il inspira profondément et continua :
— En dépit de ce que je viens de vous dire, je dois avouer que, parfois, je pense à l'autre option.
— Laquelle ?
— Celle qui consisterait à mettre sur pied une mise en scène pour faire disparaître Rachid Suleman qui pourrait alors se fondre incognito dans la masse.
— Seriez-vous vraiment prêt à cela ?
— Je pense qu'au fond de moi, non.
— Dans un cas comme le vôtre, nous sommes de toute façon trop avancés pour envisager un tel scénario.
— Et pourquoi donc ?
— Ce serait un affreux revers pour l'image de Scotland Yard.
— Pas si cela était la conséquence d'une catastrophe naturelle ou imprévisible. La personne au mauvais endroit au mauvais moment. Vous voyez ce que je veux dire ?
— Ah ! Je vois.
— Ensuite, je serais libre et avec un peu de chirurgie esthétique, je sortirais de cet enfermement.
— Mes ordres ne correspondent pas à vos désirs. Pour l'instant, je dois vous protéger. Un point c'est tout.

***

Dans L'Eurostar qui l'emmenait à Londres, Fleurac, engoncé dans son siège, réfléchissait les yeux fermés. Il n'avait encore jamais pris ce train et était impressionné par sa stabilité et son confort.

Le seul contact officiel à Londres donné par Legrand était un certain Carter, officier à Scotland Yard avec qui Fleurac devait travailler « main dans la main » comme avait bien précisé son supérieur.

Il se demandait un peu ce que cette collaboration allait donner car il avait l'habitude d'opérer dans des pays en guerre ouverte, d'agir derrière les lignes ennemies, en mission de commando. Aujourd'hui, on l'envoyait dans un pays en paix.

Travailler dans un milieu urbain civilisé était une chose qu'il faisait peu et presque jamais en Europe. Mais en Angleterre, jamais il n'aurait pensé y intervenir !

Pourtant Legrand lui avait fait comprendre qu'il était l'homme de la situation, notamment en raison de ses « connaissances linguistiques ». Fleurac avait répondu qu'il y avait un grand nombre d'autres militaires qui parlaient anglais. La réponse de Legrand avait été très claire : « Vous allez en Angleterre pour utiliser votre arabe, Fleurac. Vous allez à Londonistan. »

***

A trois voitures de là, Mario profitait du confort de la première classe. Il était monté à Paris pour régler quelque affaire urgente et avait ensuite décidé de passer en Angleterre en train. Il aimait bien ce mode de transport qui le changeait un peu de l'avion qu'il prenait si souvent.

Il décida de se dégourdir un peu les jambes et se dirigea vers le wagon-restaurant. Attablé devant une bouteille de Bordeaux, il se mit à déguster une entrecôte en repassant dans son esprit la séquence d'événements qui le faisait se rendre à Londres. Il était émerveillé par la façon dont les événements semblaient se combiner pour lui en ce moment.

XXV

Dès son arrivée à Londres, en sortant de Victoria Station, Mario se dirigea à pied vers le Grosvenor Hotel, à deux pas de la gare et à quelque 500 mètres du palais de Buckingham.
Il connaissait cet hôtel pour y avoir séjourné quelquefois. Sa situation centrale était son grand atout. Le service était discret et impeccable. Les tissus à motifs bleus et les tons clairs des chambres lui rappelaient un peu les tons et la luminosité du sud.
En entrant dans le hall, il se dirigea vers la réception. Un jeune homme se dirigea vers lui, en l'apercevant :
— Bonjour Monsieur. Puis-je vous aider ? Et il déchargea Mario de sa valise.
— Bonjour. Stanley n'est pas là ?
— Hélas ! Il vient de prendre sa retraite il y quelques semaines.
— Ah, déjà ? Eh bien, j'ai réservé une chambre.
— A quel nom, s'il vous plaît ?
— Mario Carrera.
— Oui, vous avez la suite rouge.
L'homme fit un signe à un groom qui se précipita et prit la valise de Monsieur Carrerra.
— Excellent ! Avez-vous pris note pour le service d'étage ? — N'ayez crainte. Le Moët et Chandon est déjà au frais.
— Très bien. A plus tard !
Et Mario emboîta le pas du groom qui le précéda jusqu'à l'ascenseur.
— Au cinquième !

***

Eduardo habitait dans un appartement de Gloucester Road. Il avait été convenu depuis longtemps entre les deux frères que Mario ne résiderait pas chez lui lors de ses séjours d'affaires. L'hôtel était donc l'endroit où les deux frères se rencontraient le plus souvent.

Cependant Mario aimait bien venir le soir dans le pub d'Eduardo. Ce dernier lui présentait des amis et des clients. Il se faisait même chasseur pour son frère et le pourvoyait en rencontres féminines à la demande.

Cette fois-ci, il avait sélectionné pour son frère, Joan, une Ecossaise perdue dans le Grand Londres et qui parlait avec nostalgie des Hautes Terres.

Lorsqu'Eduardo frappa à la porte 55, Mario achevait de se peigner et de rajuster sa cravate. Son frère entra comme un boulet.

– Ça y est !
– Quoi donc ?
– Nous tenons un nom.
– Tes limiers ont identifié le gros poisson ? Magnifique. Vous avez des photos ?
– Non, pas de photos. Enfin, pas de celles que tu aimerais avoir.
– Mais alors, cela ne vaut rien.
– Oh, mais si.
– Je demande une explication.

Eduardo enleva sa veste et reprit son souffle. Il se versa une rasade de whisky.

– Eh bien voilà. Comme tu le sais, nous suivons Carter jour et nuit. Nous avons une idée bien claire de sa vie privée, de ses amis et relations, de sa liaison avec sa secrétaire, de ses virées de nuit entre ...
– Epargne le superflu, s'il te plaît.
– Comme tu veux. Alors, outre ses nombreux passages au bureau, on sait qu'il visite régulièrement deux à trois demeures, sièges probables de transfuges qu'il doit avoir à l'œil. Il est donc plus souvent à l'extérieur qu'à l'intérieur de Scotland Yard. Mais il faut dire que l'accès à ces endroits est très bien surveillé, à tel point qu'on ne voit sortir ou entrer que les gardes du corps.

Il fit une pause pour regarder son frère qui était suspendu à ses lèvres.

– Lorsqu'il y a du mouvement, on ne peut rien voir qu'une ou deux voitures surgir du parking souterrain et il est impossible de distinguer un visage derrière les vitres fumées des limousines.

– Voilà qui est bien conçu mais gênant pour nous.
– Il ne nous reste que la filature classique de chaque voiture lorsqu'elle quitte la résidence. Nous les suivons toutes, ce qui est assez stérile et d'autre part, je ne te dis pas ce que cela nous coûte.
– Nous avons déjà parlé de cela. Il n'y a rien à dire. On fonce.
– Eh bien, c'est précisément par là que la situation devient intéressante.
– Comment cela ?
– Hier, nous avons suivi l'une de ces voitures sans même savoir si Carter était dedans. Mais toutes les pistes sont à prendre. Cette voiture nous a menés jusqu'à un hôtel du centre de Londres. Cette voiture en est repartie trois heures plus tard.
– Et c'est tout ?
– C'est tout et c'est immense si l'on considère ce qui s'est passé dans cet hôtel hier. Regarde.
Il jeta un journal sur la table.
Mario s'en empara et lut en première page :
– Entrevue de Rachid Suleman dans un hôtel londonien avec *le Figaro*.
– Rachid Suleman !
Mario n'avait pu contenir sa surprise. Eduardo continua :
– Ceci est très clair. De plus, sur le cliché du journal, on voit à l'arrière plan deux gardes du corps. Or, l'un a déjà été photographié par nos suiveurs à proximité d'une résidence protégée.
Et il pointa du doigt un visage au-dessus de l'épaule de Suleman.
– Il garde souvent l'entrée de l'immeuble où se cache Suleman.
Un fin sourire se dessina sur les lèvres de Mario.
– Rachid Suleman ! Rien que ça ! Eh ben mon pote, qui l'aurait cru ?
Après un moment, il ajouta :
– Et de quoi parle-t-il dans cet article ?
– De ses états d'âme et du fait qu'il voudrait qu'on parle de lui comme écrivain et non comme proscrit.
– Très bien, très bien.

Puis se tournant vers son frère :
— Sais-tu à combien se monte la récompense de celui qui tuera Suleman ?
— Je n'ai pas suivi l'affaire.
— Eh bien moi, je la suis, ainsi que certaines autres, depuis qu'on est sur cette piste de fatwa. Et la récompense pour liquider Rachid Suleman est actuellement de 2.5 millions de dollars.
— 2.5 millions de dollars ! C'est extraordinaire.
— Oui, c'est la meilleure affaire en rapport avec une fatwa. Je sentais qu'on avait mis la main sur le jack pot dès que j'ai écouté cet enregistrement, je le savais. Tu te souviens ?
Et Mario se laissa aller à quelques pas de danse. Eduardo attendit quelques secondes avant de laisser tomber :
— Je ne veux pas gâter ton plaisir, mais tu te rappelles bien notre objectif : ce n'est pas de tremper nos mains dans le sang, mais simplement de faire passer un renseignement. On n'est pas partie prenante de la fatwa. En tout cas, je n'ai jamais souscrit à cette idée.
Mario s'arrêta.
— Oui, je sais et je n'ai pas oublié. Mais il n'empêche que, même ainsi, pour simplement donner le bon renseignement à la bonne personne, on peut toucher un gros paquet, je te le dis. Jamais tu ne toucheras autant en faisant si peu.
Et il reprit ses pas de danse, en chantonnant quelques mots d'un tube italien.
— Que veux-tu faire maintenant ?
— Faut finir le travail. Faut boire le vin quand il est tiré. On n'a pas encore terminé. On continue la filature en prenant le maximum de photos. Mais ceci n'est pas suffisant. Il faut des preuves plus concrètes.
— Comment faire alors ?
— Il va falloir faire une visite dans l'appartement de ce Carter. Cela devrait être assez facile, vu que vous connaissez son horaire et ses habitudes. Débrouille-toi pour trouver une solution. Et puis, seulement alors nous pourrons passer à la phase deux.
— La phase deux, c'est aussi la dernière phase en ce qui nous concerne, n'est-ce pas ?

– Oui, mais c'est la plus délicate. Il faudra alors prendre contact avec les commanditaires.
– Les commanditaires ?
– Oui, les commanditaires de la fatwa. Ils sont les pourvoyeurs de fonds pour nous. Tu vas activer tous les contacts que tu as à Londres. Mais cette fois-ci, c'est moi qui dois rencontrer l'autre partie, et personne d'autre.

***

En poussant la porte peinte en vert du Prospect of Whitby, Bill s'effaça pour laisser passer Fleurac qui ne put retenir une exclamation :
– Quel endroit surprenant !
– C'est l'un des plus anciens pubs de Londres. Il date de 1520. On l'appelait "la Taverne du Diable." Tu imagines tout ce qui a pu se passer ici ?
– J'imagine surtout les fleuves de bière qui ont dû inonder les gosiers de marins assoiffés venus du monde entier.
– Oui, c'était un endroit à la fois fascinant et effrayant. Pendant des siècles, ce lieu a été un repaire de hors-la-loi.
– Regarde-moi ce décor !
Lanternes, cordages, gouvernails s'entassaient autour d'un mat de navire intégré à la structure du bâtiment. Le sol était recouvert de grandes dalles.
Par la fenêtre se profilait, lugubre, le nœud coulant de la corde de pendaison, toujours en position sur la terrasse du pub. Plus loin, en contrebas, on voyait l'Île aux Chiens.
On pouvait facilement imaginer des groupes de truands et de bandits de grand chemin attablés autour de pintes de bière, en train de projeter leurs mauvais coups.
Ils s'approchèrent du bar en panneaux de bois sombre recouvert d'étain et soutenus par des tonneaux.
– Garçon, deux Guinness ! lança Bill.
– Comme au bon vieux temps !
Il y avait encore peu de monde dans le pub. Quelques touristes étrangers en quête d'authenticité ; mais les habitués arrivaient plus tard dans la soirée.
– Alors mon cher ami, quel plaisir de te voir là, devant moi, à Londres !

— Il y a deux jours, je ne savais pas encore que je serais ici. Mais dis-mois, que deviens-tu ?
— Oh, moi, j'ai raccroché. Je suis dans le civil depuis plusieurs années.
— Et qu'y fais-tu ?
— Je m'occupe d'import-export.
— Très intéressant. Et dans quoi ?
— Un peu de tout.
Il baissa la voix et s'approcha de l'épaule de son ami.
— Des choses légales et d'autres moins.
— Tu trafiques un peu dans les armes ?
— Oui, entre autres.
— Cela tombe bien.
— Je vois ! Tu n'es apparemment pas ici pour faire du tourisme.
— C'est exact.
— En mission ?
— Oui.
— Chez vos chers amis, les Britanniques ! Ah, ces Français !
Fleurac laissa Bill rigoler un grand coup avant de continuer :
— Je vais avoir besoin de ton concours.
— Il n'y a aucun problème. Dis-moi de quoi tu as besoin.
— Tout d'abord, j'aimerais voir ton armurerie. Je dois choisir quelques armes car j'ai préféré franchir la Manche en simple touriste.
— J'ai tout ce dont tu peux rêver.
— Ensuite, il me faudra un pied-à-terre que j'aimerais utiliser comme base de repli, surtout si les choses se compliquent.
— J'ai un studio dans l'est londonien qui fera parfaitement l'affaire.
— Enfin, il va me falloir de l'aide.
— Je suis toujours prêt pour t'aider.
— Je ne veux pas t'impliquer directement dans cela car ton gouvernement aussi y participe.
— Comment cela ?
— Nos deux gouvernements ont les mêmes problèmes et nous essayons de les résoudre ensemble.
— Wow ! Celle-là, c'est la meilleure. Je croyais que tu étais ici incognito.

— Officiellement, je le suis. Mais il y a une autre face à toute cette histoire.
— Oh la la ! Quel imbroglio !
— Oui, tu l'as dit. C'est une drôle d'affaire. L'ennemi n'est pas visible, il est partout et nulle part. Ne te crois donc pas obligé de m'aider.
— Je suis ton pote. Tu peux compter sur moi. Et si tu as besoin de plusieurs acolytes, je connais tous les anciens légionnaires vivant à Londres. Je peux te procurer quelqu'un dans la discipline que tu veux dans les 24 heures.
— Voilà une excellente nouvelle.

Ils se levèrent et firent quelques pas sur la terrasse surplombant la Tamise.

Une petite brise soufflait, sinistre, balançant mollement le nœud coulant de droite et de gauche.

Bill étendit la main sur la ville :

— Regarde cette ville ! Qui pourrait croire qu'elle est agitée de tant de soubresauts ? On dirait que tout dort.

XXVI

Fleurac avait décidé de s'habiller décontracté : une veste en cuir sombre, un blue-jeans neuf et des chaussures à épaisses semelles antidérapantes. Rien qui attire l'attention, et surtout des vêtements qui lui laissent toute marge de mouvement.

Lorsqu'il poussa la porte du restaurant marocain dans le quartier de Cricklewood, il avait cinq minutes d'avance. Il devait rencontrer le contact que Legrand lui avait indiqué, le dénommé Carter.

Fleurac commanda un couscous et se mit à manger. La salle était assez peu remplie. Des conversations en anglais et en français s'entrecroisaient. Au moment du dessert, le garçon lui porta une enveloppe. Il la déchira et lut le message suivant :

Je vous attends dans la salle du fond.

Fleurac demanda l'addition, paya puis se dirigea vers l'arrière du restaurant. Il écarta une tenture et se trouva dans une salle à la lumière tamisée. Un homme qui l'attendait, assis à une table, se leva en lui tendant la main.

— Jim Carter.

— Charles Fleurac.

— Je suis surpris de l'endroit que vous avez choisi pour me rencontrer. Je pensais que vous seriez venu au bureau. Cela me semble plus conforme à …

— Ecoutez. Je suis ici incognito, comme vous le savez. Vous rencontrer au bureau serait mettre sur moi plus d'attention que nécessaire. Parfois les bureaux de police ne sont pas aussi sûrs que l'on croit.

Carter se racla la gorge puis dit :

— Ainsi, nous devons collaborer comme a dû vous le dire votre supérieur, le commandant Legrand.

— C'est exact. Je suis ici pour intervenir, si, comme on le soupçonne, certains de mes compatriotes sont impliqués dans ce qui nous inquiète. Avez-vous des informations intéressantes ?

— On surveille d'assez près l'évolution à Hyde Park Corner. C'est à la fois un baromètre de la tension dans la ville mais

aussi l'endroit où se passent beaucoup de choses. Il y a de plus en plus d'agitation et on redoute des émeutes. Un des orateurs, un Français, est particulièrement virulent et son audience devient de plus en plus importante. Vous pourriez faire un tour par là-bas.
— On m'a parlé de cet individu. Franco-Iranien. Apparemment en règle pour son séjour ici.
— Oui, mais on n'est pas sûr que ses activités soient aussi irréprochables que ne le sont ses papiers d'identité. On commence à s'intéresser à lui d'un peu plus près. Voici un petit dossier sur son compte. Vous y trouverez son adresse à Londres et tout sur son identité. Il est assez impliqué avec le groupe de la mosquée de Finsbury Park.
— Mais vous avez procédé à un nettoyage de cet endroit, non ?
— Oui, mais il y reste toujours quelque activité occulte. Et nous le soupçonnons de tremper dans des combinaisons louches. Le ton de ses prêches à Hyde Park Corner ne plaide pas en sa faveur.
— C'est un religieux ?
— Pas officiellement, mais il est certainement plus extrémiste que beaucoup d'entre eux. On ne sait pas s'il draine d'autres Français dans son sillage ou au contraire s'il fraye plutôt avec des Iraniens. Il peut jouer sur les deux tableaux, vu sa double nationalité.
— Bien, je vais voir cela de plus près.
— Sachez aussi que cet individu qui se prénomme Tarek est souvent accompagné de gardes du corps.
— Vraiment ? Ce serait quelqu'un d'important ?
— C'est ce que nous saurons bientôt probablement.
— Monsieur Fleurac, je tiens à vous rappeler que vous êtes sur sol britannique. Nous vous recommandons la modération et la discrétion. Nous savons qui vous êtes, mais vous comprenez bien que vous n'êtes pas venu à la tête d'un commando en mission secrète derrière les lignes ennemies. Vous êtes au cœur de Londres.
— J'en suis bien conscient.
Puis Fleurac lui dit en le regardant dans les yeux :

— Mais êtes-vous bien sûr que la sécurité, au cœur de Londres, soit vraiment sous contrôle ?

Carter eut un sursaut de surprise.

Sur ce, Fleurac se leva et sortit le premier.

XXVII

En entrant dans la pièce, Gartland reconnut le manuscrit que Rachid Suleman, debout contre la cheminée du salon, tenait à la main. C'était le sien.
Il préféra ignorer la chose et se concentra sur son rôle de policier.
– Bonjour M. Suleman. Êtes-vous prêt pour notre rendez-vous d'aujourd'hui ? Les gardes du corps seront tous présents dans le hall dans trente minutes pour la sortie.
– Très bien. Mais je voulais vous entretenir de votre manuscrit, avant de sortir.
– Vous l'avez déjà lu ?
– Ce n'est pas le temps qui m'a manqué. J'ai assez peu de distractions entre ces quatre murs.
Il s'avança vers la fenêtre et feuilleta au hasard les pages qu'il tenait à la main.
– J'ai trouvé, dans vos nouvelles, certaines idées sur la société anglaise que je partage entièrement.
– Ainsi donc, nous aurions tous deux une vision pessimiste ?
– Oui, en quelque sorte : vous peignez l'indifférence d'une société aseptisée et gavée mais on peut aussi voir l'état d'hébétude, voire de léthargie, de cette même société. Il suffit de pousser simplement l'analyse un pas plus loin. Là où vous voyez de l'indifférence, on peut voir de l'inconscience.
– Il est sidérant de voir comment évoluent les cultures. La Grande Bretagne est tombée si bas. Qui l'aurait dit ?
– N'oubliez pas que c'est le propre des empires de tomber. L'erreur qu'ils commettent tous est de croire que chacun échappera à la règle par l'usage de moyens extrêmes qui assujettissent encore plus les populations et ne font en fait que précipiter leur chute. Votre analyse s'appuie sur une observation sociale et ponctuelle de la société anglaise ; la mienne sur une étude culturelle et religieuse.
– Mais les deux se rejoignent bien quelque part.

– C'est de cette convergence que m'est venue l'idée de vous aider à publier.
Gartland eut comme une secousse électrique.
– Me faire publier ? Vous … vous m'aideriez ?
– Je peux en parler à mon éditeur.
– Je ne sais comment vous remercier.
Gartland ne se sentait plus de joie.
– Bien entendu, il va vous falloir reprendre le texte, et le modifier. Le style a besoin d'être poli.
Rachid Suleman se mit à marcher de long en large, la tête baissée, comme en proie à de profondes pensées.
– Savez-vous mon nouveau projet d'écriture ?
Gartland se délectait d'entrer dans la confidence littéraire du maître.
– Monsieur Suleman, je n'en ai pas la moindre idée, mais j'imagine que les sujets ne doivent pas vous manquer.
– C'est un sujet un peu trivial, comparé à d'autres que j'ai déjà traités. Il s'agit d'une fiction un peu plus … légère.
Il dit le dernier mot en montant son intonation, pour attirer l'attention de son interlocuteur sur cette seule notion.
– Que voulez-vous dire par légère ? Ce n'est pas le genre de mot que j'utiliserais pour qualifier vos œuvres d'une manière générale.
– Et vous avez raison. Mais je veux changer, me donner un peu d'air, ouvrir les fenêtres.
Il dit cela en lançant un clin d'œil à Gartland qui craignit de voir resurgir l'allégorie du sommeil de Londres. Mais non, Rachid Suleman continua imperturbable :
– Une œuvre divertissante, une action menée tambour battant, des rebondissements, du sang, enfin tout ce qui fait un bon roman d'espionnage.
– Un roman d'espionnage ? Ah, ça, j'y n'aurais jamais pensé !
– Et pourquoi pas ? De grands noms ont touché à ce genre de littérature, jusqu'au grand Balzac. Oui, un roman d'espionnage. Après tout, j'en connais un petit bout, ne pensez-vous pas, Gartland ? J'ai énormément appris parce que j'ai tout observé. Mais j'ai remarqué aussi que vous ne me montrez pas tout. Et il y a certains petits détails qui me manquent encore.
– Mais l'imagination peut suppléer à cela, n'est-ce pas ?

— Si l'on ne tient pas à faire un roman rigoureusement réaliste oui. Mais dans mon cas, je veux rester entièrement dans le vrai.

— Ah, je vois !

Rachid Suleman prit Gartland par le coude et l'amena tout près de la fenêtre. Là, il dit à voix basse :

— Je vais avoir besoin de vous. Il faut qu'on se parle dans un endroit tranquille. Ce ne sera pas long.

Gartland n'en revenait pas. De confident littéraire, voilà qu'il devenait, en l'espace de quelques secondes, agent informateur.

Décidément, se dit-il, l'imagination de ces grands écrivains ne connaît pas de bornes.

— Je propose qu'on aille sur le balcon.

— Mais le balcon vous est interdit.

— Nous serons assis sur ces fauteuils, en retrait de la balustrade. Personne ne peut vraiment nous voir ainsi.

Gartland hésita un instant puis hocha la tête en signe d'assentiment.

— Voilà, commença Rachid Suleman. J'écoute tous les soirs *Radio Free*. Cette station de radio parle de moi depuis plusieurs jours. Ils sont à la limite de l'insupportable. Je veux y aller faire un tour, avec vous.

— En principe, il n'y a pas de problème. Nous allons sécuriser l'endroit et prévenir la radio de notre intervention.

— Non. Je veux y aller par surprise.

— — Par surprise ? Et s'ils n'acceptent pas de vous recevoir ? De plus, cela ne cadre pas avec nos critères de sécurité.

— Je veux leur faire la surprise de ma venue. D'autre part, qu'est-ce que je crains si personne ne sait que je viens ? Pas plus que si vous sécurisez l'endroit comme vous dites.

— Je ne sais pas. Tout cela me semble un peu hasardeux.

— Pas du tout. Regardez : vous viendrez avec moi. Je resterai à la radio un minimum de temps qu'il vous faut évaluer. Et nous repartirons aussitôt. Ainsi, on ne prend aucun risque.

Gartland se mit à réfléchir. S'il prévient Waddams de ce projet, il risque un veto, ce qui compromettrait sa complicité avec Rachid Suleman et ses ambitions littéraires. S'il monte lui-même cette opération et en fait partie, il peut limiter les risques au strict minimum.

Il prit sa décision :
— C'est d'accord. Mais nous restons un maximum de 15 minutes dans le studio. C'est entendu ?
— C'est entendu. C'est tout ce qu'il me faut.

XXVIII

Mario s'était assis au comptoir. Eduardo servait un Martini dans deux verres cependant que Salim éteignait les lumières de la salle. Seule resta allumée la veilleuse du bar.
Avant de sortir, Salim cria :
— Ed, tu n'as plus besoin de moi ?
— Non, c'est bon. A demain et merci.
Salim ferma la porte à clé de l'extérieur. Les deux frères entendirent son pas décroître dans la rue.
— Tu fais entière confiance à ce jeune ?
— Oui. Je le connais depuis longtemps.
— Mais il est musulman !
— Je le sais, mais cela n'a pas d'importance. C'est mon ami. Je suis comme un père pour lui.
Mario réfléchissait. Il était vaguement inquiet.
— Il ne faudrait pas que tout échoue pour …
— Il n'y a pas à s'en faire. Je réponds de Salim. D'ailleurs, il s'est parfaitement acquitté de sa première mission. C'est lui qui nous a fourni les coordonnées de notre policier à Scotland Yard.
— Oui, c'est vrai. Mais cela était facile en comparaison de ce qui va suivre. A propos, parle-moi de la filature. Où en es-tu ?
— Les choses avancent lentement. Nous filons Carter tout le temps, et cela se passe assez bien. On connaît maintenant sa routine mais j'ai remarqué qu'il a, récemment, ajouté un nouvel endroit à ses visites régulières, ce qui me fait penser qu'ils changent leurs protégés de cache de temps en temps.
— C'est normal !
— Leur équipe a un système de protection très au point : on ne peut que les attendre à la sortie. Souvent, ils sortent d'un parking souterrain dans une seule voiture. Nous en sommes réduits à les suivre mais à l'arrivée, il est impossible de s'approcher, car la voiture entre toujours dans un parking privé ou souterrain. On ne peut rien voir.
— Voilà la piste qu'il faut creuser. On a là tous les ingrédients d'une protection rapprochée tenue secrète. Il faut

maintenant aller plus loin et mettre Carter sur écoute. A toi d'agir !

***

Cat se préparait pour sa soirée radiophonique. Il marchait à grands pas dans sa salle insonorisée, faisant de grands moulinets avec ses bras. Il se concentrait sur la soirée : voyons, ce soir, sujet 1 : les hooligans ; sujet 2 : Rachid Suleman. Un bon programme.

La satisfaction éclairait son visage. Il respirait à grandes bouffées et un sentiment de calme commença à l'envahir. Soudain un bruit de porte lui fit ouvrir les yeux ; il n'était pas seul dans le studio du son.

Il resta figé par ce qu'il voyait devant lui : deux hommes étaient entrés, qui venaient brasser l'air de son espace vital, l'air que lui seul pouvait respirer afin de se clarifier les idées, l'espace que seuls les invités au micro étaient autorisés à investir.

Il y avait de quoi le perturber pour de bon avant son émission. Il jeta un regard vers Derek qui lui fit un geste indiquant qu'il avait lui-même été surpris par l'intrusion de ces deux personnages.

Ils restaient près de la porte dans la pénombre et Cat ne les distinguait pas très bien.

— Messieurs, savez-vous où vous …

— Vous savez ce que c'est qu'une fatwa ?

Le ton de la voix et la brusquerie de la question désarçonnèrent complètement Cat qui bafouilla :

— Une quoi ? De quoi me parlez-vous ?

— Une fatwa. Je parle de fatwa, comme vous savez si bien le faire quand vous êtes au micro.

Cat était sidéré par la manière dont se déroulaient les événements. Il reprenait lentement ses esprits et se rendait compte que les visiteurs écoutaient ses programmes et venaient pour en parler.

— Messieurs, vous n'avez pas à être ici. De plus, je n'ai pas le temps de vous parler car je prends l'antenne dans cinq minutes

L'homme le plus petit fit un pas en avant et dit :

– Nous prenons l'antenne avec vous.
Devant ce visage, ces lunettes rondes, ce front chauve, cette cicatrice au-dessus de la pommette, cette barbe sel et poivre, Cat, terriblement troublé, balbutia :
– Vous ... vous êtes ici ?
– C'est exact. Je suis un de vos fidèles auditeurs, surtout depuis que vous avez décidé de vous intéresser à moi.
– Ecoutez, je ne sais que dire ...
– Ce n'est pas grave. Moi, je sais que dire, et je veux le dire à l'antenne.
– Mais vous ne pouvez pas !
– Je peux si vous voulez ! Or vous voulez. Imaginez la publicité que mon intervention fera autour de vous. Les médias se bousculent en général pour pouvoir m'interviewer. Et voilà Mr. Westwood, de *Free Radio*, qui à l'honneur de recevoir à l'antenne, l'écrivain Rachid Suleman ! Et sans même l'avoir sollicité ! On peut dire que vous avez de la chance !
Derek se frottait les mains dans son coin et il leva un pouce vers le haut lorsqu'il vit le regard interrogateur de Cat solliciter son opinion.
– Eh bien, oui, après tout on pourrait faire une interview.
– En direct et maintenant !
– En direct ? Maintenant ?
– C'est la seule condition que j'impose. Vu que, pour d'évidentes raisons de sécurité, je ne peux rester plus de quinze minutes ici à partir du moment où il sera clair que je suis en direct. Vous n'aurez donc pas longtemps à me supporter.
Et il fit passer sur son visage un sourire ambigu.
– Mais quelle est votre intention en venant ici ? Que voulez-vous donc dire ?
– Je veux exercer mon droit de réponse contre vous. Vous avez bien pris le droit de me brocarder à volonté, il est normal qu'à mon tour, je vienne parler en mon nom.
– Mais je n'ai jamais pris position contre vous.
– Et je vous en suis reconnaissant. Mais vous vous êtes permis pas mal de petites libertés que d'autres n'auraient pas acceptées si facilement. Vous voyez, Mr. Westwood, les gens de votre espèce sont dangereux : ils crachent sur la liberté qu'ils ont en abusant d'elle. La liberté est un bien chéri qu'il faut préserver. Or parfois, vous dépassez la limite. Je sais que c'est

dans la nature de votre métier de D.J. d'exagérer tout, mais cela ne vous donne pas cependant le droit de faire n'importe quoi.
Derek lança une nouvelle chanson.
— Bien, asseyez-vous ici Mr. Suleman !
Il lui indiqua une chaise qui faisait face à Cat.
— Nous commençons après cette chanson !
Rachid Suleman prit place devant un micro. Gartland resta près de la porte d'entrée qu'il avait fermée à clé.

Bien calé sur son siège, Rachid se sentait à l'aise face à ce blanc-bec qui s'était payé sa tête à plusieurs reprises. Bien sûr, il n'avait jamais été insulté, mais ce Cat en avait usé d'une manière plus que cavalière avec la situation particulière qui était la sienne. Aussi était-il temps de remettre les pendules à l'heure.

En face de lui, Cat, nerveux, essayait de se remémorer ce qu'il avait dit sur Rachid Suleman et surtout de clarifier ses idées avant l'entrevue. Pas facile de se souvenir avec certitude de toutes les facéties qu'il avait débitées. Certes, Rachid Suleman n'avait pas l'air trop agressif mais il appréhendait bien un peu son intervention en direct.

Chers auditeurs, bonsoir !
J'ai une grande, une immense surprise pour vous ce soir, une surprise qui va vous prendre de court tant elle est énorme !
Il fit une petite pause pour reprendre son souffle.
Nous avons avec nous un invité spécial, celui que vous n'attendez pas mais que vous désirez ardemment entendre. Et comme Free Radio pense à vous, nous avons ce soir le grand, l'unique, l'inénarrable ... Rachid Suleman !
Derek fit jouer la musique à fond pendant quelques secondes.
— *M. Suleman, bonsoir !*
— *Bonsoir M. Westwood et bonsoir à tous !*
— *C'est un grand honneur pour nous de vous accueillir ce soir. Je sais que votre temps est compté, aussi le micro est à vous. Radio Free laisse les gens libres de dire ce qu'ils veulent. A vous la parole.*
Rachid Suleman s'éclaircit la gorge.

— *Eh bien, chers auditeurs, savez-vous ce qu'est un anathème ? Je vais rafraîchir la mémoire de ceux qui l'auraient oublié. On faisait cela autrefois en Europe. Un anathème n'était, si je puis dire, rien d'autre qu'une réprobation générale d'une personne, voire d'une idée que l'on mettait ainsi à l'écart, une mise à l'index en quelque sorte. Mais cette pratique est de moins en moins pratiquée dans nos sociétés occidentales, car la religion a perdu de sa force.*

La chose qui s'en rapproche le plus serait la malédiction que lance la mafia contre un repenti, mais cette malédiction est assujettie d'une condamnation à mort automatique.

Là où la mafia agit dans la sphère illégale la plus totale, il existe aujourd'hui une sorte d'anathème que beaucoup considèrent légal. Ceci s'appelle une fatwa.

Ici, Suleman fit une pause que Derek exploita en montant le volume quelques secondes. Cat en profita pour intervenir :
– Monsieur Suleman, il y a tout de même une grande différence entre la malédiction de la mafia et une fatwa : La fatwa ne concerne que la personne incriminée. Les proches et la famille de l'homme à abattre n'ont rien à craindre. Alors que dans l'autre cas, la mafia cherche à faire mal au repenti en voulant tuer tous les membres de sa famille.
– Certes, il y a des différences. Mais les ressemblances sont énormes aussi : dans les deux cas, il faut chercher à sauver sa peau et à échapper soit à un groupe de tueurs motivés par l'argent, soit à des millions de fanatiques prêts à tuer pour des motifs idéologiques. Je veux profiter de ce temps de parole pour vous faire comprendre qu'une fatwa n'est pas simplement un anathème. C'est une condamnation à mort, comme dans l'ouest américain quand on recherchait les criminels dont le portrait, surmonté de la sinistre mention « Wanted », était affiché dans les bureaux des shérifs.
– Il y a cependant une différence, si vous me permettez.
– Laquelle ?
– Le shérif représentait la loi.
– La fatwa est lancée par un représentant de la loi religieuse. Et pour les masses, la voix du mufti a une autorité légale complète. C'est bien pour cela qu'être frappé d'anathème est simplement synonyme de réprobation alors qu'être la cible d'une fatwa équivaut à une mise à mort !

Après une petite pause, Rachid continua :

— Je veux maintenant m'adresser à Londres et à l'Angleterre entière. Je m'inquiète pour vous. Un vent mauvais souffle du large, il endort, il assoupit et fait tomber dans un état léthargique notre pays. Il est temps de se réveiller. Chaque nuit, je veille en écrivant et regarde par ma fenêtre ; je vois le mal ramper et se répandre dans la ville.

Apostrophant directement Cat :

— Et vous, Monsieur Westwood, vous avez un rôle à jouer ici. Vous serez en partie responsable si l'avancée islamique continue à répandre intolérance et superstition sur notre société. Vous avez, de par votre métier, un rôle à jouer qui doit permettre à la tolérance de prendre le dessus.

Avant de vous quitter, hélas ! - je dois déjà penser à vous quitter, car les pas des tueurs courent déjà dans ma direction, - je vais vous annoncer une nouvelle : je vais écrire un nouveau livre.

— Quelle excellente nouvelle, Mr. Suleman. Et de quoi ce livre traitera-t-il ?

— Ce sera un livre sur le thème du proscrit, du déraciné, du paria que la fatwa empêche de planter des racines dans un endroit choisi et chéri : il faut sans cesse déménager, faire ses valises, vivre dans l'angoisse, dans le mouvement, dans la clandestinité. Et quand il trouve enfin une retraite qui lui sied, il faut en partir. Cette vie est un enfer. Pour lui et pour sa famille.

— N'y a-t-il aucun moyen pour vous de sortir de cet enfer ?

— Aucun. Une fatwa ne peut être défaite. Ainsi, elle empêche de vivre, de respirer, de sentir la liberté dont chacun de nous a besoin. Le paria étouffe sous l'oppression de la menace permanente qui flotte au-dessus de lui. Et c'est sur ce sujet que je vais écrire et décrire la vie d'un paria protégé par Scotland Yard et ses mille astuces.

Gartland, qui manifestait depuis quelque temps sa nervosité ouvrit la porte pour écouter dans l'escalier. Il sortit sur le palier, inspecta alentour et revint dans le studio. Il avança jusqu'à entrer dans le faisceau de la lampe et attira l'attention de Rachid Suleman. Alors, il pointa son index sur sa montre d'un geste vif.

— *Chers auditeurs, je vous ai annoncé le sujet de mon prochain livre. Il vous fera connaître le monde de la protection rapprochée et je l'écrirai pour vous. Et maintenant, je dois vous quitter pour échapper aux anges de la mort qui se rapprochent à chaque seconde. Je vous quitte avec ce message : il est encore temps de réagir. Réveillez-vous et surtout n'ayez pas peur !*

Il se leva et retira son casque au moment où Derek mit un disque.

***

Eduardo dégrafa le col de la robe de Jenny. Celle-ci roula sur le rebord du lit et s'étira voluptueusement.

— Alors mon chéri, tu n'es pas trop fatigué après tes douze heures de bar ?

— Jamais pour toi, susurra-t-il.

Et il se rapprocha d'elle en rampant sur le drap. Bientôt il toucha un orteil, puis une cheville, une jambe, un genou et sa main, en remontant, se fit lente et pesante. Jenny roucoulait de plaisir.

La musique jouait un air des années 80. Tout était calme dans la chambre.

Eduardo se fit plus pressant : il appliqua ses lèvres contre le lobe de Jenny et se mit à le sucer pendant que sa main continuait ses caresses et remontait vers son sein.

Soudain il se raidit : sa main, ses lèvres se figèrent. Il ne bougea plus. Jenny totalement décontenancée lui dit :

— Mais qu'as-tu donc ?

Eduardo étendit le bras et monta le son de la radio. A Jenny qui voulait lui parler, il imposa silence. De dépit, elle se détourna de lui en ronchonnant.

Cat présentait Rachid Suleman. Eduardo écouta l'entrevue en entier jusqu'à la dernière phrase :

Et maintenant, je dois vous quitter pour échapper aux anges de la mort qui se rapprochent à chaque seconde. Je vous quitte avec ce message : il est encore temps de réagir. Réveillez-vous et surtout n'ayez pas peur !

Lorsqu'il comprit que Rachid Suleman était en direct et apparemment sans plan de protection, il n'en crut pas ses oreilles.

— Tu te rends compte de ce que fait ce type ? Jenny mit un temps à répondre.
— Mais de qui parles-tu donc ?
— De Rachid Suleman ! Ecoute, c'est lui qui parle.
— Et alors ? Qu'est-ce que ça peut te faire ?

Jenny ne comprenait rien à ce soudain intérêt pour cet homme. – Depuis quand t'intéresses-tu à la politique ?

Eduardo ne tenait pas à entrer sur ce terrain mais dit simplement :

— Ce type prend de gros risques avec sa vie. Il est recherché et il se balade comme si de rien n'était.

Apparemment, Jenny se souciait peu de tout cela. Elle se fit langoureuse et s'approcha d'Eduardo qui la repoussa :

— Ecoute, pas maintenant.

Et il sortit de la chambre.

XXIX

Fleurac arriva dans Clareville Street cinq minutes à l'avance. Il se gara dans l'une des rares places libres, à une centaine de mètres de chez Carter, la voiture tournée vers le numéro 62.

Il observait, selon une vieille déformation professionnelle, l'endroit autour de lui. Un sixième sens l'avertit de quelque chose d'inhabituel.

Entre le numéro 62 et sa voiture, un inconnu battait la semelle. Il semblait simplement attendre. Il allait et venait, les mains dans les poches, la cigarette aux lèvres. Soudain, il rentra dans une voiture garée le long du trottoir. A l'intérieur se trouvait un autre individu assis au volant.

Apparemment une filature, se dit Fleurac.

Lorsque Carter sortit de chez lui quelques minutes plus tard, il se dirigea vers l'endroit où se trouvait Fleurac et monta dans sa voiture.

— Où allons-nous ?

— Vers Marble Arch. Vous me laisserez aux abords de Hyde Park.

Fleurac démarra, suivi par la voiture où se trouvaient les deux hommes.

Fleurac, à la première intersection, prit la plus petite des rues qui s'offraient à son choix.

— Ce n'est pas la direction pour Marble Arch ! dit aussitôt Carter.

— J'en suis bien conscient. Mais je veux m'assurer que nous ne sommes pas filés.

— Filés ?

Carter jeta un coup d'œil dans son rétroviseur extérieur.

La voiture prit le même chemin qu'eux. Fleurac fronça les sourcils.

— Vous parlez de cette Mini grise ?

— Oui. Monsieur Carter, bénéficiez-vous d'une protection rapprochée ?

Carter se mit à sourire.

— Qui ? Moi ? Je suis la protection rapprochée, Monsieur Fleurac. On ne me protège pas, je protège.

— Certes, mais il arrive que le chasseur devienne proie à son tour. On voit cela tout le temps.

— Mes fonctions ne m'ont pas encore fourni l'occasion de mériter cet honneur.

— Alors qu'est-ce que cette voiture qui nous suit ?

Carter regarda à nouveau dans le rétroviseur et vit la Mini derrière eux.

— Je n'en ai aucune idée. C'est la première fois que cela m'arrive.

— En êtes-vous bien sûr ?

Il réfléchissait et ne voyait absolument pas pourquoi ni par qui il pouvait bien être filé. Soudain, il s'exclama :

— Mais peut-être est-ce vous que l'on file ?

— J'en doute fort : je viens d'arriver à Londres et, à part vous et votre supérieur, le colonel Waddams, personne ici n'est au courant de ma présence.

Après un moment, Fleurac rajouta :

— A moins que vous ne me fassiez suivre ?

— Très drôle Monsieur Fleurac, vraiment très drôle.

Il regardait toujours la voiture derrière eux. Soudain, celle-ci tourna à droite et disparut de sa vision.

— Vous vous trompez. Regardez, la voiture n'est plus là.

Fleurac jeta un coup d'œil dans le rétroviseur et remarqua alors une Honda Accord blanche derrière eux.

— Cela se pourrait. Mais rien n'est moins sûr.

Carter se mit à pianoter nerveusement sur le tableau de bord alors que Fleurac sifflotait Rule Britannia !

XXX

— Bonjour Carter. Avez-vous du nouveau sur ce D.J. ?
— Nous avons fait des recherches et cela ne donne rien.
— Expliquez-vous !
— Originaire des Antilles, est arrivé en Angleterre à 10 ans, milieu familial perturbé, père alcoolique, mère qui s'est usé la santé pour faire vivre 3 enfants. Ne s'intéresse pas à l'école qu'il quitte dès que possible et entre dans le monde de la musique, sa seule passion. A dû travailler tôt. Touche un peu à la drogue, vivote, fait plusieurs métiers. Pas d'affiliation idéologique, religieuse ou politique évidente, vraiment chou blanc. C'est une fausse piste.
— Alors quoi d'autre ?
— Il y a du nouveau. Il s'est encore passé des choses pendant la nuit. Une intervention de Rachid Suleman en direct sur une station de radio locale de ...
— Comment ? Ce n'est pas possible ! Avez-vous vu Gartland ? Il doit savoir quelque chose !
— Non, je ne l'ai pas encore vu. Je le croise rarement et je crois qu'il vous voit plus souvent que moi.
— Mais cela n'était pas prévu à notre programme !
— C'est exact. Et c'est très troublant.
— Comment a-t-il pu se rendre à cette station pendant la nuit sans que nos services le sachent ?
— Je l'ignore pour l'instant. Mais sachez que j'ai enregistré l'émission. J'ai sélectionné pour vous les passages les plus pertinents.
— Bien, écoutons donc.
Waddams avait l'air très soucieux. Carter sortit un enregistreur de poche et actionna un bouton :
... Et pour les masses, la voix du mufti a une autorité légale complète. C'est bien pour cela qu'être frappé d'anathème est simplement synonyme de réprobation alors qu'être la cible d'une fatwa équivaut à une mise à mort !

... Je veux maintenant m'adresser à Londres et à l'Angleterre entière. Je m'inquiète pour vous. Un vent mauvais souffle du large, qui endort, qui assoupit et fait tomber dans un état léthargique notre pays. Il est temps de se réveiller. Chaque nuit, je veille en écrivant et regarde par ma fenêtre, et je vois le mal ramper et se répandre dans la ville.

— Il est un peu abstrait, analysa Carter.

Et vous, Monsieur Westwood, vous avez un rôle à jouer ici. Vous serez en partie responsable si l'avancée islamique continue à répandre intolérance et superstition sur notre société. Vous devez participer à l'européanisation de l'Islam et éviter l'islamisation de l'Europe.

Carter arrêta la machine sur un geste de Waddams :

— Il va saper le moral du pays avec ses métaphores atmosphériques et ce genre de discours. Il tombe dans un mode moralisateur et catastrophique qui arrive bien mal à propos avec la situation sociale.

— Mais attendez. Il y a autre chose qui vaut la peine d'être entendu et qui va vous intéresser.

Carter remit la machine en marche.

... respirer, de sentir la liberté dont chacun de nous a besoin. Le paria étouffe sous l'oppression de la menace permanente qui flotte au-dessus de lui.

Et c'est là-dessus que je vais écrire et décrire la vie d'un paria protégé par Scotland Yard et ses mille astuces.

Chers auditeurs, je vous ai annoncé la nouvelle de mon prochain livre. Il sera une confession du monde de la protection rapprochée et je l'écrirai pour vous. Et maintenant, je dois vous quitter ...

Waddams appuya rageusement sur le bouton de la machine.

— Quoi ? Mais il a oublié les termes de notre accord. Il faut que je le voie le plus vite possible.

Carter se leva et se dirigea vers la sortie. Sur le pas de la porte, il s'arrêta et se tourna vers son supérieur. Il hésitait à mentionner à Waddams la filature dont il avait peut-être été l'objet en compagnie de Fleurac.

— Heu ...

Waddams leva la tête.

Carter réfléchissait : s'il parlait de la filature, il fragilisait sa carrière. D'autre part, vu qu'il n'était pas sûr que c'était bien lui qu'on filait mais peut-être Fleurac, parler était s'exposer inutilement. Aussi résolut-il de ne rien dire à son supérieur de cet événement.

Waddams qui avait remarqué l'hésitation de son subordonné demanda :

— Il y a autre chose Carter ?

— Euh, non monsieur, je vais prévenir Rachid Suleman de votre visite.

***

Fleurac et Huggins étaient arrivés au coin de Hyde Park, là où les orateurs occasionnels montaient sur les caisses à savon pour se faire entendre des passants. Fleurac ne put s'empêcher de s'exclamer :

— Ah ! Cette merveilleuse liberté de parler que vous, les Anglais, chérissez tant !

— Mais vous aussi vous la chérissez ! Vous n'avez qu'elle à la bouche dans vos discours en France, la patrie des droits de l'homme !

Le ton était légèrement ironique mais aussi certainement envieux.

— Oui, mais cet endroit est si unique. Pouvoir s'adresser ainsi en public sur n'importe quel sujet !

C'était la fin de l'après-midi. Ce qui frappa les deux amis fut le nombre important de bobbies qui marchaient dans la foule, toujours par deux, reliés par téléphone à leur centrale.

Bill quitta Fleurac pour faire une course et ils décidèrent de se retrouver à 19 heures dans un restaurant pakistanais du centre.

Fleurac s'enfonça dans la foule dense qui se pressait autour de plusieurs individus dont la silhouette dépassait au dessus des têtes.

Le premier était un prêcheur qui promettait les flammes éternelles à quiconque ne se repentirait pas sur le champ de ses péchés. Il faisait de grands gestes et brandissait un livre qu'il prenait constamment comme référence devant des auditeurs généralement silencieux.

Fleurac évita de trop s'approcher et dépassa un deuxième groupe qui s'agglutinait autour d'un homosexuel qui réclamait encore plus de droits pour sa minorité opprimée. Nombreux étaient ceux qui approuvaient du chef.

L'orateur suivant attirait plus de monde. Il portait un keffieh sur la tête et son corps disparaissait derrière une jebba.

En s'approchant de cet orateur, Fleurac comprit que c'était celui qu'il cherchait. En effet, il s'exprimait dans un excellent anglais mais avec une pointe prononcée d'accent français. Son discours était une diatribe contre la Grande Bretagne pour son rôle dans la guerre en Irak. Il farcissait son discours de citations coraniques qu'il appuyait de brusques mouvements de tête. Son auditoire, composé essentiellement de jeunes musulmans, buvait ses paroles.

A quelque distance, un groupe de quatre hommes criait des slogans en arabe. Fleurac n'est aucune difficulté à comprendre leurs imprécations :
— Faut tuer les infidèles !
— Mort à ceux qui tuent nos frères iraquiens !
— Oui, mort à la Grande Bretagne !

Une extrême tension montait maintenant dans la foule qui écoutait. Fleurac pensait qu'il n'en faudrait pas beaucoup pour enflammer ces jeunes et les lancer dans les rues de Londres pour une croisade antioccidentale.

Il s'éloigna et se mit à déambuler dans la foule. Puis il décida de s'adosser à un arbre et d'attendre la fin de la harangue pour avoir un face à face avec son compatriote.

***

Lorsque l'orateur descendit de son socle, il fut entouré par une petite cour de fidèles qui le félicitèrent en le frappant dans le dos et en lui serrant les mains avec effusion.

Les groupes se défaisaient lentement et l'orateur qui se prénommait bien Tarek, d'après les discussions que Fleurac entendait, se mit en marche en direction de Hyde Park, accompagné d'un fidèle qui avait la carrure d'un garde du corps.

Fleurac se mit à les suivre. Il réfléchissait à ce qu'il allait faire. Tout d'abord, attendre qu'ils soient dans un endroit peu peuplé, loin de la foule et des grands boulevards. C'est toujours plus facile de régler ce genre de problème en petit comité.

Ils entrèrent dans Serpentine Road qui s'enfonce dans le centre du parc et longe, après quelque distance, le plan d'eau appelé The Serpentine sur une grande partie de sa longueur, avant de déboucher sur West Carriage Drive qui monte droit vers le nord et le quartier d'Edgware Road.

Fleurac accéléra le pas pour se rapprocher d'eux. Il n'y avait personne en vue à cette heure du soir avec ce temps maussade et il pensa que le moment était bien choisi.

A moins de cinq mètres des deux hommes, le plus grand des deux se retourna, aux aguets, intrigué par ce bruit de pas qui les suivait. Il toisa Fleurac et s'arrêta en barrant carrément le passage.

— Tu nous suis ?

Devant l'attitude agressive de l'homme, Fleurac ne répondit pas. Il respira à fond car il sentait venir le moment de l'action. Son mutisme mit en rage l'inconnu qui, sûr de lui, s'élança et décocha un uppercut droit qui finit dans le vide car Fleurac avait prestement fait un pas de côté sur la gauche. Visant le genou droit de l'agresseur, il lui décocha un terrible coup de talon qui brisa la rotule dans un bruit sec.

L'autre s'écroula en poussant un hurlement et en se tordant de douleur.

— Ton copain n'est pas du genre accueillant dit Fleurac en français à l'orateur qui avait maintenant perdu de sa morgue.

— Qui êtes-vous ? Que voulez-vous ?

— Que voulait ton copain en m'attaquant ? Ce n'est pas bien d'agir sans calculer la conséquence de ses actions.

— Vous ne me faites pas peur !

Fleurac s'approcha, le regardant droit dans ses yeux noirs.

L'autre eut un léger mouvement de recul.

Fleurac le saisit par le col de son vêtement et le rapprocha de son visage en le fixant.

— Fais bien attention à ce que tu dis !

Il lâcha l'homme qui s'écarta aussitôt et qui lui lança :

— Tu n'es qu'un infidèle !

— Je te conseille de ne plus croiser mon chemin.

Sur ce, Fleurac lança un rapide coup d'œil au garde du corps qui gisait à terre en se tordant de douleur, se retourna et partit d'un pas rapide.

XXXI

Waddams n'avait rencontré Rachid Suleman qu'en de rares occasions. Chaque fois, il avait été partagé entre l'admiration pour ce grand écrivain et la gêne d'avoir à le protéger malgré lui. Il sentait bien que Rachid Suleman, en dépit de la protection dont il bénéficiait et qu'il appréciait, n'était pas de bonne humeur et il laissait sa frustration retomber sur les gens autour de lui.

C'est pourquoi, lorsque l'ascenseur s'arrêta à l'étage réservé par Scotland Yard, il était d'humeur bougonne. Il salua le garde du corps qui se tenait sur le palier et lui demanda :
— Alors, comment se porte notre protégé ?
— Assez bien.
— Avez-vous quoi que ce soit à rapporter sur les mouvements dans l'immeuble ?
— Non. Mon colonel.
— Où est votre collègue ?
— Il s'est absenté quelques minutes aux toilettes.

Le colonel sonna et Rachid Suleman ouvrit la porte.
— Ah ! Colonel Waddams ! Enfin vous voilà ! Je vous attendais et suis bien content de vous voir. C'est que vous ne passez pas souvent.
— Oui, je sais. Mais j'ai beaucoup de responsabilités qui m'accaparent au bureau.
— Je comprends. Mais entrez donc !

Le colonel s'avança et alla droit à la baie vitrée. Il analysa longuement ce qu'il voyait à travers le rideau en tulle. Puis, apparemment satisfait de son inspection, il se tourna vers l'écrivain et lui dit :
— Je suis à vous maintenant.
— Colonel, j'aimerais vous entretenir de mon sosie.
— Ah oui, votre sosie, vous l'avez rencontré je crois, n'est-ce pas ?
— Oui, très récemment. J'ai cru en fait me trouver face à moi-même. Je suis vraiment très impressionné. Et je ne parle

pas simplement de ressemblance physique mais aussi des manières, de l'accent : il est arrivé à me dupliquer d'une façon tout à fait surprenante !
— Nous avons cherché longtemps avant de dénicher la perle rare.
— Arrivez-vous vous-même à nous reconnaître ?
— Oh oui !
— Comment ?
— Oh ! Vos ongles par exemple.
Et il se mit à tapoter de son ongle l'ongle de l'index droit de Rachid Suleman qui ne put se contenir :
— Quoi ! Vous savez cela ! Mais alors, vous ... Vous m'espionnez ?
— Je vous surveille. Je dois tout savoir, c'est le meilleur moyen d'éviter une tragédie.
— Vous avez donc des micros dans cet appartement ?
— Pour votre simple sécurité. Vous devriez ne pas vous en offusquer, vous savez.
Rachid Suleman venait vraiment de prendre un coup au moral. Après quelques secondes, il réussit à dire :
— Et la couleur de mes ongles est si vitale à vos projets ?
— Là n'est pas la question, et vous le savez bien. Pour tout vous dire, j'apprécierais un peu plus de reconnaissance de votre part.
— Comment cela ?
— C'est bien simple. Je n'ai même pas besoin de vous espionner quand vous vous étalez au vu et au su de la ville entière, comme dans cette intervention à *Radio Free* !
— Cela vous dérange-t-il donc tant ?
— Dans la mesure où vous ne respectez pas les accords que nous avons passés, oui. Non seulement vous mettez votre vie en danger, mais vous jouez aussi avec la réputation de Scotland Yard !
— Nous y voilà. Je suis bien sûr que ce dernier aspect est, à vos yeux, plus important que le premier.
— Vous ne pouvez pas revenir sur vos engagements. Vous avez enfreint les règles de sécurité.
— C'est ma vie dont il est question ! Ma vie, vous comprenez ? Je n'ai aucune vie privée ! Déjà la vie sociale m'a été interdite par la fatwa, et maintenant ma vie privée, mes

pensées personnelles sont scrutées et analysées par vos services. Je vais devenir fou ! Fou ! Fou !
L'écrivain était devenu très excité.
Waddams tapotait le talon de sa pipe dans sa paume, attendant que l'orage passe. L'état de son protégé l'inquiétait bien un peu. Après un moment, il reprit :
— Il y a un autre sujet que j'aimerais aborder avec vous.
— De quoi s'agit-il ?
— Je parle de votre prochain livre sur le monde des services secrets.
— Vous n'allez pas m'empêcher d'écrire par hasard ?
— Certes non. Mais à une condition. Si vous écrivez un tel livre, vous devrez le soumettre à notre approbation d'abord. Sécurité oblige.
— Vous n'avez que ce mot à la bouche : sécurité par ci, sécurité par là. Pensez-vous que je puisse devenir un danger pour la sécurité du Royaume ?
— Vous pourriez faire plus de mal que vous ne pensez sans même le savoir.
Ils se turent un moment. Enfin le colonel reprit :
— Les écrivains ont un énorme pouvoir. Et vous le savez. D'ailleurs, la situation dans laquelle vous êtes en est un exemple parfait. Monsieur Suleman, je ne m'oppose pas à votre projet. Je vous demande seulement de le soumettre à nos services qui feront les suggestions de changement nécessaire pour avoir notre approbation.
Rachid Suleman réfléchissait. Il savait qu'il n'avait pas vraiment le choix et ce n'était pas le moment de s'aliéner le colonel pour quelques détails policiers qui ne changeraient pas le fond de l'ouvrage.
— C'est entendu. Je vous le soumettrai.
— Très bien. Vous avez donc mon accord. Je veux aussi vous demander de ne plus sortir de manière inopinée comme vous l'avez fait cette nuit.
Rachid Suleman releva la tête :
— Il n'y a plus qu'un seul remède à tout cela. Il faut que je disparaisse.
— Que voulez-vous dire ?
— Je dois disparaître … sans disparaître.
— Si vous vouliez bien vous expliquer un peu …

— Le sosie ! C'est le moment de le faire intervenir !
— Comment cela ? Je ne vois pas où ...
— C'est très simple. Le sosie devient moi, au moins pour un certain temps. Il aura la vie facile : peu ou pas d'entrevues et pas de publication. Un rôle tout à fait passif, assez pour cristalliser l'attention des média et rien de plus.
— Le rôle du sosie n'a pas été conçu pour cela. Il assure juste une suppléance passagère le cas échéant. D'autre part, il faudrait obtenir son accord pour jouer un tel rôle, ce qui est loin d'être acquis. Vous prenez vos aises avec lui. Mais c'est un homme et non un jouet malléable à merci. Oubliez donc cette idée fantasque.
— Vous ne savez rien de tout cela. Oui, un sosie est un homme. Il peut avoir des décisions surprenantes. Je lui parlerai et nous verrons bien ce qu'il pense. Oui, je pourrai disparaître quelque temps. Vous savez, parfois j'aspire vraiment à être ailleurs, incognito. Pas pour toujours peut-être, mais me fondre dans la foule, devenir un petit numéro de rien du tout qui peut avoir une vie normale, une vie monotone, routinière, emplie de petites joies et de petites peines, voilà la plus grande joie !
Après un long silence, il reprit :
— Peut-être vais-je repartir à New York.
— Vous êtes seul à décider cela. Si vous tenez à partir, nous ferons le nécessaire, vous le savez.
— Peut-être pourrai-je trouver là-bas un nouveau souffle. Je vous tiendrai informé de ma décision en temps voulu.

XXXII

Le sosie se trouvait devant Rachid Suleman qui attendait beaucoup de cet entretien. Il l'invita à s'asseoir en face de lui.
— Vous prendrez bien un peu de thé ? Je m'apprêtais à en prendre une tasse.
— Alors c'est avec plaisir que je vous accompagnerai.
Rachid Suleman sortit deux tasses qu'il disposa sur une table basse, près de la théière dont il enleva le couvre-théière.
— Ce thé du Sri Lanka, quelle merveille ! C'est à mon goût le meilleur que je connaisse.
En vrai connaisseur, il buvait son thé nature, ce que fit aussi le sosie.
— Ainsi, vous avez souhaité me revoir, Monsieur Suleman. Dois-je donc m'attendre à être disséqué par votre œil scrutateur pour mettre à nu les éventuels défauts de mon jeu ?
— Pas du tout. Ce n'est pas vraiment de cela dont je tiens à vous parler.
— Cela m'étonne un peu. Serait-ce alors peut-être la curiosité du sociologue devant le phénomène fascinant du double ?
— En effet. Les sosies ne courent pas les rues et il est tentant, lorsqu'on en voit un, qui plus est son propre sosie, de faire un arrêt sur image et d'en étudier le contenu. Mais en fait, depuis notre dernière entrevue, j'ai réfléchi à votre rôle et au mien. La vraie différence entre vous et moi est que sur ma tête pèse le poids d'une fatwa !
— En vérité, en acceptant de devenir votre sosie, le poids de la fatwa est tout aussi lourd sur ma tête que sur la vôtre.
— Certes, mais vous pouvez vous dédire à tout instant et reléguer ce problème aux oubliettes.
— Peut-être mais la fatwa peut actuellement s'abattre sur moi aussi à tout moment. Je vous rappelle que je sors parfois en public.
— Pourquoi ne pas troquer nos rôles, et créer un qui pro quo ? Vous seriez moi et moi vous.

— Cela n'aurait aucun intérêt pour vous et que des ennuis pour moi.
— Pourtant, je pourrais expérimenter autre chose que ce jeu abrutissant de cache-cache.
— Ma vie personnelle n'a rien qui puisse séduire une personnalité comme vous. Pour vous dire la vérité, ce que vous dites sur ce point me surprend. La vie n'est pas un conte littéraire, loin de là.
— En réalité, vous êtes à mi chemin entre l'acteur qui joue un rôle factice et l'individu qui vit un rôle vrai. Vous êtes un acteur sophistiqué !
— Le sosie est à l'acteur ce que le calque est au dessin.
Soudain Rachid Suleman se leva et marcha droit sur l'homme.
— Ecoutez ! Je m'ennuie à mourir. Ma vie m'est devenue insupportable. J'ai une proposition à vous faire.
— Ah oui ? Et laquelle ?
— Débarrassez-moi de ce fardeau.
— Mais comment ?
— Soyez moi !
— Quoi ?
— Oui, soyez moi. Devenez Rachid Suleman.
— Vous divaguez !
— D'autres que moi divagueraient à moins. Ecoutez, je considère votre soudaine apparition dans ma vie comme un signe important. Je ne souhaitais pas de sosie, je n'y avais même jamais pensé. C'est Scotland Yard qui a tout tramé dans mon dos. Mais maintenant, j'ai changé d'optique et je suis plus ouvert à votre présence. Et, si vous le voulez, vous pouvez faire beaucoup pour moi, vous pouvez vous faire passer pour moi, et même vous pouvez ... être moi.
L'autre se leva à son tour, le regarda avec des yeux troublés.
— Mais je ne puis ! C'est impossible !
— N'avez-vous aucune aspiration à faire quelque chose de différent dans la vie ? Quelque chose qui vous tirerait de votre routine ? Être moi, cela n'est pas rien, tout de même. Vous pourriez vous prendre au jeu et commencer à aimer la célébrité.
Le sosie s'éloigna, effrayé, et se dirigea vers la porte tout en regardant en arrière vers son modèle.
Rachid Suleman, épuisé, se laissa tomber sur un fauteuil. Le sosie sortit lentement en dodelinant de la tête et en répétant :

– C'est impossible, c'est tout simplement impossible.

***

Comme chaque matin, Carter sortit de chez lui à 7 heures 45. Selon sa routine, il tourna à droite dans Clareville Street et se dirigea vers la station de métro la plus proche.

Lorsqu'il eut tourné le coin de la rue, deux hommes sautèrent à bas d'un camion de livraison. Habillés en salopette de travail, l'un d'entre eux portait un chargement sur l'épaule.

Arrivés devant la porte du numéro 62, le plus âgé crocheta la serrure en un tour de main. La porte s'ouvrit et les deux hommes se faufilèrent dans la maison.

Après avoir repéré l'appartement de Carter, ils entrèrent sans difficulté. Puis, sans un mot, ils se mirent au travail : pendant que le premier plaçait un mini-micro dans le téléphone sans fil du salon, le second fit de même au téléphone de la chambre à coucher.

Le tout ne prit pas plus de dix minutes. Il était juste un peu plus de huit heures lorsque le camion de livraison quitta Clareville Street.

XXXIII

Bill attendait Fleurac au bar du Salwa Restaurant dans Crawford Place, à deux pas d'Edgware Road. Il sirotait un cocktail et faisait la conversation avec une jolie barmaid dont il essayait d'obtenir le numéro de téléphone lorsqu'une main de fer s'abattit sur son épaule.

Mû par le réflexe d'auto-défense il pivota d'un seul coup, le poing lancé en avant. L'autre écarta le poing d'une rotation vers le haut de son avant-bras et saisit Bill à bras-le-corps. Fleurac venait de lui jouer un bon tour et ils éclatèrent de rire.

— Alors on compte fleurette, comme au bon vieux temps je vois !

— Puisque tu es en retard ...

— Oui, excuse-moi. Mais j'ai eu un petit contretemps.

— Pas trop fâcheux, j'espère ?

— Non, si tu considères une agression en plein Hyde Park comme un incident banal de nos jours dans le centre de Londres.

— Quoi ? Tu as été agressé ?

— Oui, par un malabar qui se prenait pour James Bond.

— Il a dû déguster !

— Effectivement, lorsque je suis parti, il paraissait assez mal en point.

Il se tourna vers la jolie serveuse et commanda une bière.

— Mais, continua Bill, c'était une agression crapuleuse ?

— Je crains que non.

Ils se mirent à table en continuant à discuter. Sur la carte, chaque plat était accompagné d'un nombre d'étoiles indiquant à quel degré chacun était assaisonné. Fleurac, prudent, se cantonna à un plat à deux étoiles alors que Bill, apparemment habitué et au palais en partie insensibilisé par l'abus de la cuisine très épicée, commanda un plat à trois étoiles.

Lorsque Fleurac eut fini de raconter l'agression dont il avait été victime, il ajouta :

— Tu vois, il est temps que je visite ta quincaillerie.

— Oui, et nous irons en sortant d'ici. Cela ne peut plus attendre.

***

A mesure que la salle se remplissait, les dignitaires s'asseyaient à même le sol, les jambes repliées. Il y avait là d'éminents membres de la société musulmane qui, comme chaque semaine, se réunissaient pour traiter des affaires de la communauté locale.

Tarek faisait partie de ce cercle dont l'influence était importante dans le grand Londres. Il avait commencé à y faire sa place et lorsqu'il parlait, on commençait à l'écouter avec un certain intérêt.

Pourtant, cela n'avait pas été facile car son origine franco-iranienne n'avait pas été un élément intégrateur. C'est par son prosélytisme et ses prises de position radicales qu'il avait réussi à se faire écouter de ses pairs.

Le chef de séance, l'imam de la mosquée, était un homme calme aux prises de position réfléchies qui cherchait la modération et la sagesse. Par son charisme, il influençait les membres les plus âgés du comité mais les jeunes étaient souvent en désaccord avec lui.

La séance commença par un énoncé des problèmes à traiter. Tarek intervint aussitôt et demanda un changement dans l'ordre du jour : il avait une affaire urgente à dévoiler qui devait être traitée en priorité. En réalité, il comptait narrer l'épisode de ce chien d'infidèle qui l'avait agressé, lui et son garde en plein Hyde Park. Il espérait ainsi mobiliser le comité contre cet individu dont il voulait se venger.

Il insista donc pour une prise de parole préliminaire. L'imam, après avoir reçu l'approbation tacite du comité, la lui accorda non sans une certaine réticence.

Alors Tarek se leva, fit quelques pas en silence, se concentra et soudain se mit à gesticuler en hurlant devant les membres du comité :

— Mes frères, la situation ne peut pas continuer ainsi. Il se passe de mauvaises choses dans ce pays. Et nous sommes ceux qui souffrons de la situation actuelle. Nous sommes minoritaires, nous sommes brimés, nous sommes opprimés, et maintenant nous sommes agressés.

Il fit une pause pour accentuer sur ce dernier mot.
— Agressés ! En plein jour et dans Hyde Park.
Un murmure s'éleva du groupe.
— De quoi parles-tu ? Sois plus précis !
— Je vais tout vous dire. Pas plus tard qu'hier soir, j'ai moi-même été victime d'une agression. L'audace de nos ennemis n'a plus de borne. Il faut réagir !
— Donne-nous des détails, cria un jeune assis au fond.
— Je venais de terminer mon discours à Hyde Park Corner et, comme chaque après-midi, je revenais par le parc en compagnie de mon fidèle compagnon Kaddour. Alors que nous longions the Serpentine, un individu a pris à partie mon garde du corps. Après une courte algarade, il l'a attaqué et lui a brisé le genou.
Un murmure de révolte monta de l'audience.
— Cet homme n'a pas eu peur de s'attaquer à Kaddour qui pourtant est imposant. Cet homme est dangereux et nous veut du mal. Nous sommes dans un pays hostile qui nous persécute et nous envoie maintenant des exécuteurs pour nous tenir en servitude. Il faut réagir.
— Mort à ce chien ! cria quelqu'un.
— Oui, mort à lui et à sa race !
L'Imam leva la main :
— Qui est cet homme ? Que voulait-il exactement ?
— Je ne l'avais jamais vu auparavant. Il m'a menacé directement. Vous vous rendez compte ? En Angleterre, le pays de la liberté ! On veut nous faire peur pour nous tenir dans l'ignorance et la dépendance.
Les voix se firent plus fortes et plus nombreuses et en quelques secondes, l'assemblée ne fut plus qu'un groupe d'excités incontrôlables qui scandaient des slogans en levant le poing.
Il fallut beaucoup de patience pour ramener le calme et le silence dans la salle.
Enfin l'imam prit la parole.
— Mes amis, cette nouvelle est attristante. Je veux parler à Kaddour avant toute décision. Je propose en tout cas d'inclure cet incident dans la liste des griefs que nous avons contre l'establishment britannique.

— Cela ne suffit pas. Il faut rendre coup pour coup.

Tarek venait de parler. Il essayait d'embrigader les jeunes avec lui pour une action spectaculaire. Plusieurs voix s'élevèrent pour soutenir Tarek. L'imam se leva, agita les mains, puis les joignit sur sa poitrine et ajouta :

— Nous ne devons pas agir en aveugles. Il ne faut pas frapper au hasard mais retrouver cet individu. Si quelqu'un doit payer, c'est lui. Tarek, si tu veux une vengeance, tu dois te venger sur celui qui t'a offensé et sur personne d'autre.

Tarek en avait assez entendu. Il s'écria :

— C'est avec ce genre de raisonnement que l'on s'amollit. Nous sommes dans un pays d'infidèles qui cherchent à nous museler. Mon agresseur est un des millions d'individus qui nous veulent du mal. Ils sont tous pareils.

Sur ce, Tarek se leva fièrement et quitta la séance.

XXXIV

En sortant du restaurant. Bill prit Fleurac par le coude et lui dit :
— Nous allons dans un endroit très privé maintenant. Peu de gens le connaissent.

Ils hélèrent un taxi et roulèrent pendant une vingtaine de minutes en direction du nord. Enfin, le taxi prit une ruelle et s'immobilisa. Tout était calme dans ce quartier.

Après quelques pas dans la rue, Fleurac suivit Bill qui descendit quelques marches, sortit une clé et ouvrit une porte en bois massif. Ils entrèrent.

Une minuterie révéla un long couloir terne dans le sous-sol du bâtiment. A nouveau, Bill sortit son trousseau et ouvrit une porte dont l'épaisseur attira l'attention de Fleurac.

— C'est une porte antibruit qui garantit une isolation acoustique optimale expliqua Bill.

Il referma soigneusement la porte à clé derrière eux. Ils étaient entourés de vitrines exposant toutes sortes d'armes à feu et d'armes blanches.

Fleurac émit un petit sifflement admiratif. Il laissa aller sa main sur le verre en examinant de près l'attirail que lui proposait Bill.

— Tu as une vraie armurerie !
— Tu l'as dit ! C'est l'armurerie de quelques copains qui viennent s'entraîner ici. Des anciens militaires qui continuent à pratiquer indépendamment.

Il fit un clin d'œil à Fleurac.
— Je vois !
— Que veux-tu ? Pistolets ? Mitraillettes ? Armes de poing ?

Et il fit un large geste de la main pour lui montrer l'ensemble de l'impressionnante collection exposée devant lui.

— Colt américain, Ceska tchèque, Stolvoboy russe, tu n'as qu'à choisir.

— Je veux un pistolet automatique, un Smith & Wesson PS 3. Tu en as ?

Bill ouvrit un tiroir.

– En voici un. C'est un bon choix, chargeur de 14, longueur 22 cm, confortable et précis. Il est équipé d'un compensateur de recul et d'une visée laser intégrée, munition de 10 mm. Avec ça, tu es paré contre tout problème.
– Il me faut aussi un autre pistolet. Quelque chose de discret et d'adapté à la ville.
Et soudain il s'exclama :
– Tiens, par exemple ce Walther PB-120, que je vois ici.
– C'est excellent. Avec le Walther, jamais d'histoire. Très bonne fiabilité, chargeur de 10 ou 15. Ce modèle est très compact et ne fait que 11 cm de longueur. Il est donc très facile à dissimuler, dans une poche par exemple.
– Exactement ce que je veux. Je le prends.
– Tu veux combien de chargeurs ?
– Trois chargeurs pour chaque pistolet, mais je veux des chargeurs de 15 pour le Walther. Et aussi un silencieux pour chaque arme, à tout hasard.
– Wow ! Tu pars en guerre on dirait !
– On peut essayer la marchandise ?
– Oui, par ici.
Bill ouvrit une petite porte entre deux vitrines. Tout au fond d'une longue allée, une cible.
Fleurac prit le Smith & Wesson et enfila un chargeur. Il soupesa l'arme, la fit passer d'une main à l'autre. Enfin il se mit en position.
Il tira cinq coups et abaissa son arme. Bill alla chercher la cible et compta 4 trous dans le centre de la cible et un cinquième dans le premier cercle.
– Bravo champion. Tu n'as pas perdu la main !
– Je n'ai pas intérêt. Je te rappelle que je suis toujours dans le service actif.
Ils revinrent dans la première salle.
– Maintenant, il me faut encore une chose.
Et il se dirigea vers la vitrine des poignards. Il examina attentivement tous les modèles exposés puis se tourna vers Bill.
– Tu as tout là ?
– Tu cherches quelque chose de précis on dirait.
– Oui, mais je ne le vois pas.
– Dis-moi ce que c'est.

— C'est la dague SAS.
— Je m'en doutais.
— Après tout, on est bien en Angleterre, le pays qui l'a inventée.
Bill sortit de dessous le comptoir un fourreau duquel il tira une dague très fine et à double tranchant.
Il la présenta à Fleurac à deux mains et lui dit :
— Il n'y en a pas de meilleure.
Fleurac lui tapa sur l'épaule.
— Je savais que je pouvais compter sur toi.

***

— Allô ! Jim ?
Carter reconnut la voix de Myriam au téléphone. Il eut une sensation agréable de picotement sur la nuque. Vraiment cette fille le faisait vibrer.
Il se laissait glisser dans le flirt insensiblement. Après tout, pourquoi pas, se disait-il ? Depuis le temps qu'il hésitait à faire le pas, il se dit que c'était peut-être le moment.
— Je vous appelle pour vous signaler que le patron veut vous voir demain à 8 heures dans son bureau. C'est urgent, et il a insisté.
— Hum ! Je n'aime pas beaucoup cela. Mais enfin, je n'ai pas le choix.
Et après un petit moment :
— Puisque je vous ai au bout du fil, Myriam, je voulais vous dire, peut-être pourrions-nous nous rencontrer dans un pub devant une bière un de ces soirs ?
— Pour parler affaires ?
La voix était légèrement ironique.
— Entre autres oui. Mais pas uniquement.
— Vous voulez dire que vous allez en fait avoir du temps libre pour sortir avec moi ?
— Est-ce que c'est si extraordinaire de voir des collègues de bureau ensemble en dehors de leur travail ?
Myriam était tout excitée. Jim Carter venait de lui proposer de sortir ! Euphorique, elle continua :
— Je n'arrive pas à croire qu'avec votre emploi du temps chargé, et toutes les visites à vos protégés, avec le temps que vous consacrez à vos gros bonnets, et notamment à Rachid

Suleman, vous avez maintenant un peu de temps libre pour votre dévouée secrétaire.
— Ecoutez, c'est vrai que je suis très occupé. Mais l'un n'empêche pas l'autre. De plus, en se rencontrant dans un autre endroit que le bureau, peut-être pourra-t-on faire quelques avancées remarquables dans notre rapport professionnel.
— Alors j'accepte avec plaisir.
— Donc, ce soir, au Red Lyon ?
— D'accord. A ce soir.
Jim raccrocha. Ainsi c'était fait. Il avait franchi le pas qu'il hésitait à faire depuis plusieurs mois. De toute façon se disait-il, je ne suis encore engagé à rien, et boire un verre dans un pub avec une femme n'implique absolument rien sur les rapports amoureux possibles qui peuvent en découler.

XXXV

— Arrête, Eduardo ! Repasse ça ! On entendit nettement :
... que avec votre emploi du temps chargé, et toutes les visites à vos protégés, avec le temps que vous consacrez à vos gros bonnets, et notamment à Rachid Suleman, vous avez maintenant un peu de temps libre pour ...
— C'est fantastique. Clair comme de l'eau de roche. Avec la photo du garde du corps lors de l'entretien dans l'hôtel, on a là des preuves irréfutables de l'identité du personnage.
Mario jubilait. Eduardo dit :
— Je dois t'avouer que jusqu'à maintenant, je n'étais vraiment sûr de rien et nous avions besoin de telles preuves.
— Oui, bien sûr, mais de toute façon on savait qu'on était sur un gros coup. Ça, je le sentais depuis le tout début. Et maintenant, on a tout ce qu'il faut pour convaincre nos interlocuteurs. Tu dois te débrouiller pour nous octroyer un entretien avec quelques hauts dignitaires de la communauté musulmane de Londres.
— Des religieux ?
— C'est comme tu pourras. Religieux, politiques, tu te débrouilles. Ils seront intéressés à coup sûr.
Et Mario sortit, les mains dans les poches, en sifflotant.

***

Salim était fier de la confiance que plaçait en lui son patron Eduardo. Tout d'abord il avait été envoyé en mission à Edgware Road où il avait brillamment réussi à obtenir les renseignements recherchés. Et voilà qu'il le sollicitait à nouveau pour une mission encore plus importante.
Cette fois-ci, il n'y avait pas de renseignements à soutirer mais un rendez-vous à obtenir pour « deux messieurs » qui avaient à faire une « révélation étonnante et d'un immense intérêt pour la communauté musulmane. »
Tout cela dépassait Salim mais il ne s'inquiétait pas outre mesure puisqu'il travaillait pour son ami Eduardo. De plus, il

aimait bien sortir dans Londres pour y faire des courses. Cela le changeait de l'ordinaire.

Il repassait dans son esprit les recommandations reçues pour cette mission lorsqu'il sortit du métro à la station de Finsbury Park. Il traversa Seven Sisters Road, puis s'avança dans St Thomas Road. Il vit alors la mosquée North London Central avec son minaret et ses cinq étages qui en faisaient une des plus grandes mosquées de Londres.

Des petits groupes d'hommes se pressaient dans la rue devant l'entrée principale, en discussions animées. Il contourna ces gens et avisa une porte latérale à laquelle il sonna.

La porte s'ouvrit et Salim annonça :

— Bonjour, j'ai pris rendez-vous. Je suis Salim.

L'autre fit un geste de la main l'invitant à entrer. Il suivit son guide à travers plusieurs salles et couloirs et finalement entra dans une salle vide.

— Attends ici. On viendra bientôt.

Et la porte se referma. Salim connaissait assez bien les mosquées de Londres. Il en fréquentait deux principalement, proches de chez lui et avait entendu parler des scandales entourant celle de Finsbury Park. Il trouvait bien un peu étrange que de toutes celles qui existaient, ce soit celle à la réputation la plus sulfureuse qu'Eduardo tenait à contacter.

Il attendit dix bonnes minutes avant que la porte ne s'ouvre.

Enfin, un imam suivi de deux hommes entra.

— Tu es Salim ?

— Oui.

— J'ai reçu un mot de recommandation de l'imam de la mosquée d'East London située à Whitechapel : il te connaît bien. Selon lui, tu es un bon musulman. C'est pour cela que j'ai accepté de te voir.

Il s'assit sur une chaise. Les deux hommes se tinrent debout en retrait, chacun d'un côté. Salim était très impressionné.

— Que veux-tu ?

— Je viens de la part d'un ami qui aimerait vous rencontrer.

— Pourquoi n'est-il pas venu lui-même ?

— Il voulait d'abord tester votre intérêt dans l'affaire qui m'amène.

— Est-il musulman ?

— Non.

— Qu'avons-nous à voir avec lui ?
— Il a quelque chose à vous dire de la plus haute importance.
— Alors de quoi s'agit-il ?
— Je n'en ai aucune idée. Je ne suis qu'un intermédiaire.
— Te moques-tu de moi ?
— Non, je ne suis ici que pour négocier une rencontre entre vous et lui.
— Comment crois-tu que je vais accepter de recevoir un inconnu, infidèle de surcroît, si je n'en connais pas le motif ? Hein ?

Déjà l'imam se levait, furieux d'avoir été dérangé.
— Il m'a simplement dit de vous remettre ceci.

Et Salim sortit une enveloppe de sa poche.

L'imam se retourna et, après un moment d'hésitation, prit ce que lui tendait Salim. Il décacheta l'enveloppe et en tira une feuille qu'il lut. Ses yeux s'agrandirent :
— J'espère que ceci n'est pas une blague !

Et devant le calme de Salim, il griffonna un numéro sur un morceau de papier qu'il lui tendit en disant :
— Appelle-moi à ce numéro demain soir. Je te dirai ma décision.

Il se leva et sortit suivi de ses deux acolytes.

***

A huit heures exactement, Carter frappa à la porte de Waddams. Il était un peu fatigué car sa soirée au Red Lyon avec Myriam avait dépassé toutes ses espérances.

Il entra, un léger sourire aux lèvres.
— Bonjour Carter ! Vous me paraissez bien joyeux aujourd'hui. Y a-t-il une bonne nouvelle à m'annoncer ?
— Heu, bonjour Monsieur ! Non, pas spécialement. Vous m'avez demandé de venir. Normalement, à cette heure-ci, je devrais déjà être à …
— Oui, je sais l'interrompit Waddams. Mais je devais vous voir. Au sujet des fatwas. J'ai une nouvelle de la plus haute importance à vous annoncer.

Carter était tout aussi inquiet que curieux.
— Et qu'est-ce donc ?
— Avant de vous le dire, je me demande si vous avez omis de m'en parler par ignorance ou par négligence ou peut-être

même en jugeant inopportun de soulever cet aspect. J'en ai pris connaissance hier par hasard, en feuilletant un journal. Et je trouve incroyable que vous ne m'en ayez pas parlé.
— Mais de quoi s'agit-il donc ?
— Une chose admirable : une fatwa constructive.
— Comment cela ?
— Eh bien, une fatwa qui va dans le sens que nous aimons. Une fatwa contre le terrorisme et les attentats suicides. Voyez-vous, la fatwa, dans notre imaginaire occidental, est synonyme de meurtre et de mort. Tout cela en grande partie à cause du bruit causé autour de Rachid Suleman. Mais pour un musulman, une fatwa est d'abord un édit religieux destiné à éclairer les croyants sur la manière de se comporter devant le monde moderne et ses défis.
— Mais cela ne va pas vraiment nous aider dans la protection des personnes frappées de fatwa !
— Vous croyez ? Comment pouvez-vous en être sûr ? Regardez bien cette fatwa : en 600 pages, le terrorisme est démoli et reconnu comme anti-coranique. Et devinez qui fait cela : le docteur Tahirul Qadri qui a fondé le mouvement Minhaj ul Quran.

Il regardait Carter fixement :
— Alors Monsieur Carter, comment allons-nous réagir à cette fatwa-ci ?

Carter fronçait les sourcils, soucieux de ne pas dire de bêtise. Il se risqua timidement :
— Cela semble aller dans la bonne direction.
— Eh bien je suis d'accord avec vous, pour une fois. Autant on peut se gausser de la fatwa contre Mickey Mouse, autant celle-ci semble empreinte de bon sens et de courage. Aussi, Monsieur Carter, j'aimerais vous aider à saisir le fait que nous ne sommes pas seulement à la recherche des fatwas destructrices mais également des fatwas constructrices.

Carter opina de la tête.
— Cela est si nouveau et si … inattendu.
— Ce monsieur Tahirul Qadri a droit a toute notre admiration et mérite, le cas échéant, toute notre aide. Car en aidant des gens comme lui, on conforte le camp des modérés. Saisissez-vous ce que cela implique pour nous ?
— Cela peut nous aider.

— Exactement, mon cher, car cela réduit d'autant le champ de nos investigations. Et peut même amener, dans un scénario extrême, à terminer le genre d'activités que vous menez actuellement pour Scotland Yard. Je suis vraiment déçu que vous n'ayez pas soulevé ceci le premier en ma présence. Mais je suppose que vous étiez trop occupé hier soir ?

Carter se demanda si Waddams était déjà au courant de la soirée qu'il avait passée avec Myriam. Il ne comprenait rien. Comment, comment pouvait-il déjà savoir ? Non, c'était impossible. La voix de Waddams le ramena sur terre :

— J'espère que vous saurez vous en souvenir et ne pas laisser passer, à l'avenir, de tels événements à l'insu de Scotland Yard.

XXXVI

Sitôt après avoir quitté Salim, l'imam de Finsbury Park Omar Al-Heraki s'était isolé dans son bureau. Là, il avait aussitôt appelé au téléphone deux autres imams de Londres qu'il connaissait bien. Comme lui, tous deux suivaient une ligne raisonnable, loin des excès de l'intégrisme radical. Car l'information révélée sur ce papier était troublante et nécessitait d'agir avec circonspection. Il préférait ne pas être seul dans cette affaire et pour lui, une décision, si décision il devait y avoir, devait être collégiale.

C'est ainsi que les trois hommes se rencontrèrent dans une arrière salle d'un salon de thé marocain le lendemain. Omar prit la parole :

— Mes amis, j'ai cru bon de vous convoquer car nous sommes devant une affaire d'importance. Je tiens ici un papier que j'aimerais vous lire. C'est tout ce que je possède pour décider de la suite à donner à cette histoire.

Si vous aimez l'islam, je tiens un renseignement d'importance qui vous intéressera. Il y a plus de deux millions de dollars en jeu.

Il replia le papier et regarda les autres.

— C'est tout ?

— Oui, c'est tout.

— Mais qui a écrit cela ?

— Je ne le sais pas. Tout ce que je sais, c'est que celui qui l'a écrit n'est pas un musulman.

— Pourquoi devrions-nous prêter foi à un tel document ? Emanant d'un infidèle en plus ?

— Oui, pourquoi ? renchérit l'autre imam. Ce pourrait être une arnaque, un piège ou tout simplement une blague.

— Mais pourquoi alors utiliser un intermédiaire qui nous est connu et qui a une bonne réputation chez nous ?

Ils réfléchirent tous en silence.

— Quand as-tu reçu ce message ?

— Hier. C'est tout récent. Vous êtes les seuls à connaître la teneur de ce texte.
— Ecoutez, je propose que tu rencontres cet homme tout de même. Il n'y a aucun danger à cette rencontre. Nous déciderons ensuite quelle suite donner à cette affaire.

***

Dans la voiture qui roulait en direction de la mosquée de Finsbury Park, Mario bouillait d'impatience. C'était enfin le moment tant attendu. Il allait pouvoir exposer son secret à des oreilles désireuses de l'entendre.

Cela n'avait pas été aisé d'arriver jusque là.
— Tu as pris une arme ?
La question d'Eduardo le ramena brutalement à la réalité.
— T'es fou ou quoi ? Il n'y aucun danger ce soir. C'est juste une rencontre entre hommes d'affaires.

Eduardo était aussi nerveux que Mario était impatient. Mario le prévint :
— Si on leur met la puce à l'oreille, on risque de tout faire capoter.

Et après un moment, il ajouta :
— Je te demande de me laisser parler et de n'intervenir que si je te le demande.

Mario assumait son rôle de frère aîné et de chef. Eduardo se pliait facilement à cette autorité fraternelle. Il faisait confiance à son frère, même s'il avait émis quelques réserves sur le bien-fondé de toute cette affaire.

Le taxi s'arrêta devant la mosquée. Ils descendirent et frappèrent à la même porte latérale que celle où avait frappé Salim.

Ils furent introduits dans une salle austère où ne se trouvaient qu'une table et quatre chaises. Au mur, des inscriptions en arabe que les deux frères contemplèrent sans y rien comprendre.

La porte s'ouvrit enfin et entrèrent deux hommes qui s'inclinèrent légèrement. Puis ils s'avancèrent jusqu'à la table avant de s'asseoir côte à côte. Mario et Eduardo s'assirent en face d'eux.

Le plus âgé commença :

— Je suis un des imams de la mosquée et voici un de mes conseillers. Nous avons accédé à votre désir de nous rencontrer sur la bonne recommandation que nous avons concernant votre messager. Maintenant, vous comprendrez que pour nous, cette affaire est encore bien mystérieuse.

— Je suis ici comme porte-parole de l'honorable ayatollah Al-Shirazi.

Un voile d'incrédulité passa sur le visage des deux musulmans.

— L'ayatollah Al-Shirazi est mort il y a bien longtemps, paix à son âme !

— Il est mort il y a longtemps, mais son esprit est plus vivant que jamais !

— Qui es-tu, étranger, infidèle, incroyant, pour venir ici, dans ma mosquée, me parler de l'ayatollah !

La voix de l'homme tremblait. Mario se hâta de parler :

— Le destin m'a mis en contact avec l'ayatollah et je ne puis déroger au devoir qui a été placé sur mes épaules.

— Tu parles comme si tu étais l'un des nôtres.

Mario se leva et se mit à marcher autour de la table. Il était maintenant dans le dos des deux hommes et s'arrêta.

— L'ayatollah Al-Shirazi a lancé une fatwa célèbre en 1989.

— C'est exact. Une fatwa contre l'apostat Rachid Suleman.

— Oui. Et cette fatwa court toujours et n'a jamais été accomplie.

— C'est le cas de beaucoup de choses dans la vie. Il y a loin entre le désir et la réalité.

— Je peux vous aider à accomplir la fatwa de l'ayatollah Al-Shirazi.

Le conseiller de l'imam bondit de son siège et cria :

— Quoi ? Vous voulez dire que vous savez où est Rachid Suleman ?

Un sourire passa sur les lèvres de Mario qui revint se placer devant eux et s'assit près de son frère :

— Cela se pourrait bien.

Les deux musulmans se consultèrent en arabe pendant un long moment. Ils étaient très excités. Le conseiller semblait beaucoup plus véhément que l'imam qui paraissait avoir quelque difficulté à juguler l'enthousiasme de l'autre. Enfin l'imam se tourna vers Mario :

— Que voulez-vous ?
— Je veux l'argent.
Après un silence, Mario reprit :
— La récompense pour accomplir la fatwa contre Rachid Suleman se monte à deux millions et demi de dollars.
— Vous voulez toute la somme ? Vous êtes prêt à tuer ?
— Non ! s'empressa de dire Eduardo avant que Mario ne parle. Mario jeta un rapide regard à la fois surpris et contrarié vers Eduardo.
— Nous pourrions nous contenter d'une partie de la somme effectivement, ajouta Mario. Nous vous donnons le renseignement et en échange, vous nous donnez l'argent.
Un autre conciliabule en arabe s'ensuivit, encore plus animé que le premier avant que l'imam ne reprenne :
— Vous vous rendez compte de l'importance de tout ceci ? Une telle affaire demande des preuves solides, une certitude totale dans les renseignements à fournir.
— Nous avons tout ce qu'il faut pour prouver ce que nous avançons. Cependant, je dois ajouter une chose : Scotland Yard qui protège Rachid Suleman ne le garde pas constamment au même endroit. Actuellement, nous savons ce qui se passe et où il est. Nous avons un fil conducteur. Mais à trop attendre, tout peut se compliquer et la piste peut devenir difficile à suivre.
Mario prit une longue inspiration et ajouta :
— Aussi, messieurs, si vous êtes intéressés, il faut agir vite.
— Nous ne sommes pas les décideurs dans cette affaire. Avant de continuer, nous devons en référer à des autorités supérieures. Mais nous avons besoin de preuves.
— Bien entendu. Pour vous prouver notre bonne foi, nous avons porté avec nous les preuves de ce que nous avançons. Ainsi vous pourrez les envoyer aux bailleurs de fonds pour les convaincre, le cas échéant.
Il sortit un exemplaire du journal qui montrait Rachid Suleman durant sa conférence dans l'hôtel et mit à côté plusieurs clichés du garde du corps pris par ses pisteurs. Il expliqua le rapport entre la photo du garde du corps dans le journal et les autres photos. Ensuite, il sortit de sa poche un enregistreur et leur fit écouter la bande dans laquelle Myriam donnait le nom de Rachid Suleman.

— C'est là tout ce que vous avez ?
— Oui.
— Mais il n'y a aucune photo de Rachid Suleman prise par vous !
— Et vous n'en verrez pas ! Car avec la protection rapprochée dont il jouit, il est tout simplement impossible de le voir.

Un silence s'ensuivit. Mario le brisa en lançant :
— Nous parlons de Scotland Yard, messieurs. C'est probablement la meilleure police au monde. Il est tout simplement incroyable que nous soyons tombés sur cette piste. Et je ne vous cacherai pas que le hasard y est pour quelque chose. Ce qui veut dire que si nous perdons sa trace maintenant, nous ne la retrouverons jamais.

Les deux musulmans se concertèrent du regard. Mario continua :
— Voilà toutes les preuves que nous possédons. Il est impossible, vu la protection dont est entouré Rachid Suleman, d'avoir rien de plus précis. A vous de voir si vous voulez le marché. En échange de l'argent nous vous donnerons les détails pour conclure cette affaire.

Au bout d'un moment, l'imam prit la parole :
— Nous saurons demain la décision des autorités. Je vous propose un autre rendez-vous demain soir à 20 heures ici même.
— Nous y serons. Mais cela sera le dernier rendez-vous.

Sur ce, Mario et Eduardo sortirent sans ajouter un mot.

XXXVII

De longues secondes s'écoulèrent avant que le conseiller ne brise le silence.
— Macha'Allah ! Quelle nouvelle extraordinaire ! 20 ans après, le destin frappe à la porte. Les choses vont s'accomplir.
L'imam parut se réveiller d'un songe.
— Oui, c'est extraordinaire. Pourquoi cela, et pourquoi maintenant ?
— Le pourquoi n'est pas important. Ce qui compte maintenant, c'est le comment. Il faut agir tout de suite.
— Oui, tu as raison. Ceci nous dépasse. Tu vas contacter les deux imams qui sont venus ici l'autre jour me rencontrer et leur demander de venir demain ici de toute urgence en fin d'après-midi. Je vais aussi en référer aux autorités religieuses les plus hautes.
Le conseiller s'inclina et quitta la pièce.
L'imam se leva et alla à son bureau. Il en ferma la porte et composa un numéro de téléphone :
— Allô ! L'ambassade iranienne ? Je voudrais le service des affaires religieuses.

**

Fleurac s'était mis à l'heure britannique. Il regardait du côté droit avant de traverser les rues, prenait une tasse de thé vers cinq heures de l'après-midi et lisait tous les jours le *Times*.

La lecture du quotidien britannique l'intéressait surtout pour tout ce qui avait trait à l'islam en Angleterre. Il y découvrait une société avec une forte minorité musulmane en proie à de graves tensions.

En ce début d'après-midi, il se leva et jeta un regard par la fenêtre, par simple habitude. Une rue grisâtre aux façades de briques rouges était la seule vue qu'il avait du studio que Bill avait mis à sa disposition.

Il tira un sac de dessous son lit et en sortit les armes qu'il avait achetées à Bill. Soigneusement, il sortit le Smith & Wesson de son étui et entreprit de le démonter pièce par pièce puis de le remonter entièrement. Il essuya chaque pièce et parut satisfait de son travail. Il remit le pistolet dans son étui et le reposa dans le sac.

Ensuite, il prit le Walther, vérifia qu'il était bien chargé et le glissa dans une poche basse de son blouson gris à capuche. Il marcha dans le studio et parut satisfait, car il le sentait à peine tellement il était léger.

Enfin, il sortit la dague de son fourreau. Il connaissait bien cette arme et son efficacité redoutable. Il prit un crayon et entreprit de l'aiguiser pour éprouver le tranchant de l'arme. En quelques petits coups en biais, les épluchures du crayon jonchèrent la table et la mine toute dégagée se présentait sous sa forme la plus pointue possible. Satisfait du résultat, il remit la dague dans son étui.

Et maintenant, allons voir ce cher Tarek, se dit-il.

Il sortit, se dirigea vers le métro le plus proche et partit pour Hyde Park Corner. Il y retrouva la même effervescence d'une foule agitée et fiévreuse. Il reconnut Tarek de loin et s'éloigna aussitôt. Maintenant qu'il l'avait vu fidèle à son poste, la voie était libre pour aller visiter son appartement.

Il partit à petites foulées en direction du nord en longeant Hyde Park dans Park Lane. Il traversa Oxford Street au niveau de Marble Arch et vite après obliqua à droite dans Edgware Road. C'est alors qu'il rabattit la capuche sur sa tête tout en continuant à courir régulièrement.

D'après les documents remis par Carter, Tarek habitait à l'extrémité nord d'Edgware Road, dans une rue adjacente nommée Crompton Street. En y arrivant, il ralentit le pas et se mit à trotter, en analysant tout ce qu'il voyait. Il repéra le numéro 22 mais ne s'arrêta pas et continua jusqu'à la fin de la rue. Puis il revint en marchant lentement et en inspirant profondément.

Dans la poche, il tenait à la main le crochet pour forcer la serrure. S'assurant que personne ne le regardait, il gravit lestement les quelques marches jusqu'au perron et en un tour de main réussit à ouvrir la porte qu'il referma aussitôt. Dans le hall d'entrée se dégageait une forte odeur désagréable.

Des bruits de voix, des cris lui parvenaient des étages supérieurs. L'appartement de Tarek se trouvait au troisième et il commença à monter les marches en pierre sans bruit. Il arriva jusqu'au palier du troisième et, à l'aide d'une lampe de poche, déchiffra le nom de Tarek sur la sonnette.

Ce fut un jeu d'enfant d'ouvrir et d'entrer. La faible clarté de l'appartement l'obligea à actionner sa lampe. Il passa d'une pièce à l'autre, et dans chacune, c'était le même spectacle : des posters géants tapissaient les murs, certains de mosquées magnifiques, d'autres de personnages enturbannés. Fleurac reconnut immédiatement l'imposante figure de l'ayatollah Khomeini dont le portrait trônait dans plusieurs pièces.

Ne sachant ce qu'il cherchait, il se mit à fouiller un peu partout. C'est surtout dans la chambre qu'il commença à regarder méthodiquement ce qui lui tombait sous la main.

Il ne lui fallut pas longtemps pour repérer une caisse en bois glissée sous le lit. Il l'ouvrit et en retira des liasses de documents écrits en arabe, en français et en perse. En-dessous, le fond de la caisse contenait quelques grenades, deux pistolets et plusieurs charges de dynamite.

Fleurac sortit son téléphone portable et prit des photos de l'arsenal ainsi que des posters affichés autour de lui dans la pièce. Dans la chambre, il fut frappé de voir l'ayatollah Khomeini flanqué du Che et de son béret noir.

Ensuite, il alluma la lampe de chevet et commença la lecture des documents en prenant des photos de certains. Il replaça le tout exactement comme il l'avait trouvé. Puis il sortit de l'appartement et referma la porte en s'assurant qu'elle était bien fermée.

Au moment où il commençait à descendre les étages, deux hommes entraient dans la maison. Il attendit, appuyé contre le mur du couloir. Les hommes montaient et il dut aller à l'étage supérieur. Une porte s'ouvrit à ce moment-là et Fleurac se trouva nez à nez avec Kaddour qui se tenait sur des béquilles, suite à l'agression dans Hyde Park.

Comme Fleurac avait enlevé sa capuche, Kaddour le reconnut et il se mit à hurler de toutes ses forces en tentant de lui barrer le chemin.

— Que fais-tu là, fils de chien ! Charogne ! Au secours ! Au secours !

Fleurac se rua sur Kaddour et donna un coup de pied dans une béquille. L'homme s'écroula en travers du palier. Fleurac

se mit à courir vers le haut de l'escalier alors qu'il entendait plus bas un bruit de pas précipités et des portes qui s'ouvraient.
Kaddour rameutait la maison entière :
— Il est là ! Il est entré dans la maison ! Au secours !
— Mais qui ? Qui ?
— Mon agresseur ! Celui qui m'a cassé la jambe ! Attention ! Il est dangereux !
Un groupe d'hommes montait à l'assaut de l'escalier. Fleurac qui les observait par-dessus la rampe d'escalier nota leurs mines patibulaires. Certains avaient sorti des couteaux et il aperçut même, dans une main, un pistolet.
Je n'ai pas le choix, se disait-il. Je dois passer par le toit.
Arrivé en haut de l'escalier, il tourna, sans frapper, la poignée de la porte de droite qui s'ouvrit aussitôt. Un homme, surpris par le bruit dans la maison, comprit qu'il avait affaire à l'intrus et tenta de lui barrer le passage. Fleurac lui asséna un coup du tranchant de la main, ce qui le désarçonna complètement. Puis il ouvrit une porte-fenêtre et se trouva sur un balcon.
Pas le temps de redescendre par là. Il choisit de monter sur le toit en agrippant une gouttière à portée de main. Juste lorsqu'il disparaissait à la vue, le groupe d'hommes jaillit sur le balcon à son tour.
Entouré d'une forêt de cheminées de formes multiples, Fleurac se mit à courir. Il arriva devant un muret, et lorsqu'il l'enjamba, une balle siffla à ses oreilles.
Il se laissa tomber, le dos au muret, sortit immédiatement le Walther et l'arma. En se retournant, il vit, par-dessus le rebord du muret, quatre hommes qui s'avançaient. Il visa le plus proche et lui tira dans la jambe. Il tomba sur le sol et les autres, surpris par l'attaque, s'éparpillèrent comme un vol de moineaux.
Fleurac en profita pour fuir plus loin. Il se retourna deux ou trois fois mais ne vit rien d'insolite. Il avisa une lucarne qu'il réussit à ouvrir et se laissa tomber dans une sorte de grenier encombré de vieilleries.
Après quelques secondes, il avança vers la porte qu'il ouvrit sans difficulté. Il était sur un palier, en haut de l'escalier. Tout était calme à l'intérieur de cet immeuble. Il rangea son pistolet, enleva son blouson gris, le retourna et l'enfila à nouveau.

Maintenant, il portait un blouson bleu. Il rabattit la capuche sur sa tête et descendit prestement les marches jusqu'au rez-de-chaussée.

Il inspira profondément pour calmer son rythme cardiaque et s'adossa à la porte d'entrée. Après avoir compté dix secondes, il décida de bouger. Avant de sortir, il tendit l'oreille et, n'entendant aucune clameur venant du dehors, il s'engagea dans la rue et se dirigea d'un pas leste vers la station de métro la plus proche.

XXXVIII

Mario et Eduardo étaient revenus à la mosquée. On les introduisit dans la même salle que la veille.
Près de l'imam se tenait un autre homme, en civil. Il portait un costume gris et avait une petite barbe taillée court. Ses yeux noirs montraient une vivacité proche de la nervosité.
— Messieurs, commença l'imam, je vous présente un dignitaire qui est venu pour vous rencontrer au sujet de notre affaire.
Tous s'inclinèrent et s'assirent. Le nouveau-venu commença :
— Votre affaire nous intéresse. Je suis ici pour peaufiner les détails, et notamment l'aspect financier. Nous vous proposons 500'000 dollars pour le renseignement.
— Pas question ! s'insurgea Mario. Ceci n'est rien au vu des risques. Nous voulons 50 pour cent.
L'imam et le dignitaire entamèrent alors un conciliabule en arabe. Au bout d'un long moment et force gesticulations, le dignitaire reprit :
— Nous montons à un million. C'est notre dernier prix.
Eduardo se pencha à l'oreille de Mario et lui dit en italien :
— Arrêtons le prix. C'est une bonne transaction.
Mario dit alors :
— D'accord pour un million.
Mario se leva, imité par les autres. Il sortit une carte de sa poche :
— Vous trouverez sur cette carte le numéro d'un compte en Suisse. Lorsque l'argent y sera, nous vous donnerons tous les renseignements pour localiser la cible.
— Un moment messieurs, intervint le dignitaire. Vous comprenez que, dans cette affaire, nous prenons un risque car nous vous payons sans aucune garantie solide.
Il s'arrêta un moment, et ses yeux brillèrent d'un éclat inhabituel :

— Nous vous paierons donc 500'000 dollars contre les renseignements et le solde lorsque l'affaire sera terminée.
— Non ! D'accord pour 500'000 dollars contre les renseignements, mais le solde lorsque vous en aurez vérifié leur véracité en vous associant à notre filature. Nous vous montrerons tout ce que nous avons, sur place.

Le dignitaire le fixait. Mario continua :
— Le résultat de l'opération n'a rien à voir avec notre transaction. Je vous ai déjà averti de la difficulté de l'opération. Et si elle échoue, nous n'en serons en aucun cas responsables. Un échec de votre part ne remet pas en jeu notre rôle.
— Tout de même, vous pourriez nous vendre du vent.
— Vous pourrez vous rendre compte que non, car lorsque vous aurez les renseignements de notre filature, vous pourrez en vérifier tous les détails. C'est cela que nous vous vendons et rien de plus.

Le dignitaire, très agité, leur dit :
— Si vous cherchez à nous arnaquer de quelque manière que ce soit, vous vous exposez à de bien grands ennuis …

Il fit une légère pause et avança son visage crispé vers les deux frères :
— …et notamment à devenir vous-mêmes la cible d'une fatwa.

Mario s'était levé. Il bouillonnait intérieurement.
— Si nous sommes ici, c'est que nous avons quelque chose de solide et d'unique à vendre. Nous ne nous prêterions pas à ce jeu dangereux pour l'arnaque. Ce serait stupide et suicidaire. Quant à l'affaire, c'est à prendre ou à laisser.

Il jeta négligemment la carte sur la table et se dirigea vers la porte, suivi de son frère. Sur le seuil, il se retourna et lança :
— Nous attendons de vos nouvelles.

***

Fleurac était rentré sans encombre chez lui tout en s'assurant qu'il n'avait pas été suivi dans le métro.

Après avoir téléchargé les photos prises chez Tarek, il les avait scannées et imprimées avant de lire les documents photographiés.

Et maintenant, il attendait Carter qu'il avait contacté immédiatement. Rendez-vous avait été pris dans l'arrière-salle

du restaurant marocain de leur première rencontre à Cricklewood.
Carter fut introduit par le patron dans l'arrière-salle.
— Bonjour Carter ! Déjà là !
— Bonjour Fleurac ! Je suis arrivé tout de suite après notre discussion.
Fleurac commanda une pastilla et Carter une tajine, le tout arrosé de Sidi Brahim.
Ils parlèrent de choses et d'autres, le temps que le patron revienne avec les plats. Puis, lorsqu'ils furent seuls, ils trinquèrent avant d'attaquer le repas et de se raconter les derniers événements.
— Voilà : je suis allé chez notre ami Tarek en son absence. J'ai été repéré mais j'ai réussi à perdre mes poursuivants.
Carter écoutait attentivement.
— Chez lui, j'ai trouvé des choses inquiétantes.
— Quel genre ?
— Des armes : grenades, pistolets, dynamite.
— Fichtre !
— J'ai tout laissé sur place, pour ne pas éveiller de soupçons. Mais j'ai eu le temps de prendre des photos.
Il sortit de l'intérieur de sa veste une enveloppe qu'il déplia et présenta les photos des armes et des posters à Carter.
Ce dernier étudiait avec attention les clichés.
— Il faut l'arrêter.
— Attendez. Ceci n'est rien en comparaison de ce qui suit. J'ai aussi photocopié des documents. J'ai reproduit ici les plus intéressants.
Et il remit une pile de feuilles à Carter.
— Je veux juste attirer votre attention sur cette feuille-ci en priorité dit Fleurac en lui indiquant une feuille précise.
Carter, l'air soucieux, lisait.
— Mais c'est gravissime !
— Vous l'avez dit.
— Ecoutez ceci Fleurac : « chercher à frapper l'establishment britannique dans ce qu'il a de plus cher, et anéantir un symbole comme la Reine, le Premier ministre, le lord-maire de Londres ou Rachid Suleman » ! Quel programme ! Cet homme est un dangereux terroriste ! Croyez-vous qu'il travaille seul ?

— C'est difficile à dire à ce stade.
— Il faut l'arrêter sans tarder.
— Non, pas tout de suite. Peut-être faudrait-il mieux le surveiller de près quelque temps. On pourrait ainsi apprendre s'il a des complices.
— Je vais en référer à mon chef. En tout cas, vous avez bien travaillé.
— Je vous rappelle qu'il est citoyen français. Je veux être associé si vous décidez d'agir à son encontre.
— Je pense que cela est une bonne idée vu ce qui se passe.
— Des quatre objectifs de Tarek, le plus difficile à atteindre est évidemment Rachid Suleman, vu que personne ne sait où il est. La reine, le Premier ministre, le lord-maire sont entourés de systèmes de sécurité complexes et permanents. Rachid Suleman a aussi son système de protection que vous supervisez. Mais imaginons une seconde que les terroristes apprennent où est Rachid Suleman.
— Qu'est-ce qui vous fait dire cela ?
— Juste une supposition pour l'instant. Si c'était le cas, leur but de détruire cet objectif deviendrait très facile par l'effet d'une attaque terroriste bien en règle, doublé par l'effet de surprise totale : en effet, les gardes du corps ne s'attendent pas vraiment à une attaque vu l'état de secret dans lequel est tenu l'endroit où se trouve Rachid Suleman.
— Tout cela est de la pure théorie, Fleurac. Je vous suis bien, mais nous sommes en pleine abstraction et …
— Je ne suis pas aussi sûr que vous.
— Et pourquoi donc ?
— Je pense que le filet se resserre sur Rachid Suleman. C'est une impression pour le moment, mais elle est tout de même corroborée par un fait majeur.
— Et lequel donc ?
— Vous êtes, selon toute apparence, filé. Carter tomba dans un état d'abattement total.
— Ce serait cela alors ? La Mini grise de l'autre jour ?
— C'est impossible à affirmer mais il serait imprudent de le négliger et de ne pas agir en conséquence, par simple précaution.
— Oui, vous avez raison. Il faut toujours prévoir le pire scénario.

— Nous pourrions être très près de la conclusion d'une macabre affaire.

— Ecoutez Fleurac, si vous voulez, je peux vous intégrer à la force de protection de Rachid Suleman. Juste le temps que tout cela soit tiré au clair.

— Pourquoi pas ? Si Rachid Suleman est bien la cible que s'est assignée Tarek, au moins je n'aurai pas à le poursuivre puisque c'est lui qui viendra à moi.

— Très bien. Alors on se donne rendez-vous à Trafalgar Square ce soir vers 18 heures. Attendez au pied de la statue de Nelson.

Ils se serrèrent la main et sortirent du restaurant par la porte du fond.

XXXIX

Mario se rongeait les sangs. Depuis la dernière rencontre avec l'imam et le dignitaire, il retournait dans sa tête les différentes combinaisons. Il en arrivait toujours à la même conclusion : c'est lui qui avait les cartes en main. Les autres ne pouvaient qu'accéder à ses exigences.

Il s'était bien un peu disputé avec son frère après la première réunion avec l'imam. Mario n'aimait pas paraître faible. Or l'intervention d'Eduardo allait précisément dans le sens de la faiblesse : dire qu'ils n'étaient pas prêts à s'investir jusqu'au bout dans cette affaire de fatwa ! Quelle misère ! Mario craignait donc que les autres ne cherchent à exploiter cela contre eux.

Mais finalement, leur brouille n'avait pas duré au-delà de la deuxième réunion, lorsque l'accord financier avait été conclu. Certes, Mario pensait qu'il aurait encore pu grappiller quelques dizaines de milliers de dollars en négociant plus serré. Mais le résultat était tout de même très positif : après tout, encaisser un million de dollars juste pour donner un renseignement, cela n'était pas si mal.

Le téléphone sonna alors qu'il remuait toutes ces pensées dans sa tête. Ne pas se précipiter pour répondre, se dit-il.

Il laissa sonner cinq fois puis appuya sur la touche.

— Monsieur Carrera ?

— Lui-même.

— Mario Carrera ?

Mario avait reconnu la voix du dignitaire. Il prit une longue inspiration.

— Exactement.

— Je vous appelle pour l'affaire que vous savez. Les fonds ont été versés comme prévu. Vous n'avez qu'à vérifier. La balle est dans votre camp. Nous attendons maintenant que vous nous éclairiez.

— Je vous rappelle dès que possible.

Mario se précipita sur l'ordinateur et en moins de cinq minutes, il sut que 500'000 dollars étaient effectivement sur le compte de Genève.
Il téléphona tout de suite à son frère.
— Quoi ? Tu veux dire le versement ? Déjà ?
— Déjà. Ces gars veulent aller vite. Ils ont bien compris la situation.
— Wow ! C'est super ! C'est gagné !
— Non, ce n'est pas gagné. Tout d'abord, on n'a reçu que la moitié de la somme. De plus, cela va être ton tour d'entrer en piste.
— Que veux-tu dire ?
— C'est toi qui as organisé la filature. Tu vas devoir prendre avec toi un de leurs pisteurs et lui montrer tout ce qu'on sait.
— Tout ?
— Oui, tout ce qui doit leur permettre de conclure l'affaire sans bavure. Sois prêt dès que possible.

***

Dans le métro qui le ramenait chez lui, Tarek était très soucieux. Il venait de recevoir un coup de téléphone de Kaddour qui lui expliquait, dans la plus grande confusion, la deuxième agression dont il venait d'être victime, et cela dans l'immeuble même où résidait Tarek. Il comprit que la rencontre dans Hyde Park était loin d'être fortuite.

Dès son arrivée, il alla droit à l'appartement de Kaddour et se fit expliquer tout ce qui était arrivé. Impossible de savoir si l'inconnu était entré dans son appartement. Ce qui inquiéta le plus ce dernier fut la description de la poursuite sur les toits, et le fait que l'inconnu avait riposté avec un pistolet. On avait affaire à un professionnel, pas de doute à ce sujet.

Tarek entra chez lui en prenant soin de ne rien déranger. Il inspecta tout et, ne trouvant aucun indice, sortit la caisse de dessous le lit. Il l'ouvrit et en tira le contenu pour l'inventorier. Il arriva à la conclusion qu'il ne manquait rien et il en conçut un grand soulagement.

L'inconnu n'avait rien pris. Apparemment il n'était même pas entré dans l'appartement. Tarek se laissa glisser dans un fauteuil, calcula qu'il lui restait encore trois heures avant le début de son prêche à Hyde Park Corner. Il s'assoupit.

Le téléphone le réveilla en sursaut. Il se sentait mal réveillé et, alors qu'il tâtonnait pour trouver le combiné, le souvenir de l'inconnu lui traversa l'esprit. Il lui fallut quelques secondes avant de mettre de l'ordre dans ses esprits et répondre :
— Oui, Allo ! Excusez-moi !
— Je veux parler à Tarek.
— C'est moi-même.
— Tarek ! Je suis l'imam Al-Heraki de Finsbury Park. Comment vas-tu ?
— Ah ! C'est vous ! Je suis heureux d'entendre votre voix. Je ne vais pas trop bien. Quelques soucis.
— Pas trop graves j'espère.
— Je ne suis pas encore sûr.
— Ecoute bien ce que je vais te dire. Je dois te voir de toute urgence. Priorité numéro un.
— Numéro un ?
— Oui. Tu ne le croiras pas quand je te l'annoncerai.
— C'est du positif ?
— On ne peut plus. Et spécialement pour toi, car je vais te donner la chance de remplir au moins un de tes objectifs.
— Quand se voit-on ?
— Je t'attends.
— Maintenant ?
— Ceci est priorité numéro un à délai immédiat.
— J'arrive !

***

Jamais l'imam n'avait encore envoyé de message aussi impératif à Tarek. Apparemment il ne s'agissait pas de simplement monter une petite démonstration ou d'inclure un nouveau thème dans sa harangue populaire.
 En sortant de chez lui, il rendit visite à Kaddour, Celui-ci était allongé sur un canapé, se lamentant de sa jambe mise à mal dans la confrontation avec l'inconnu. Tarek promit à Kaddour qu'il le vengerait et lui demanda d'être plus vigilant que jamais.
 Puis, tout excité, il partit d'un pas précipité.

***

A entendre la narration de l'escapade de Fleurac sur les toits de Londres, Bill sentait l'excitation des moments passés en compagnie de son ami légionnaire lui revenir en mémoire.
— Si tu as besoin de moi, je suis prêt à t'aider.
— Franchement, je risque d'avoir besoin d'aide. Je pense que je dois mettre hors d'état de nuire cet énergumène avant qu'il n'attire de gros ennuis à nos gouvernements.
— Très bien. Tu peux compter sur moi.
— Je te rappelle cependant qu'il faut agir avec discrétion. Non pas parce que nous sommes en milieu urbain, mais parce que je ne suis que toléré par le gouvernement de Sa Gracieuse Majesté. Maintenant que j'ai averti Scotland Yard de la situation, le SAS va sûrement intervenir tôt ou tard.
— Je l'espère bien. Mais finalement, pourquoi alors continues-tu ?
— Mon seul souci actuellement est Tarek. Tout le reste, je l'abandonne à Scotland Yard. Car il n'est sûrement pas seul et c'est le rôle de Carter de trouver le reste de la filière. Je pense qu'il s'y emploie déjà.
Fleurac réfléchit un instant puis dit :
— Si tu veux m'aider, je vais te demander de me tenir au courant de la situation à Hyde Park Corner et des agissements de Tarek. Pour autant que je sache, il y va tous les jours en fin d'après-midi faire ses prêches.
— D'accord, je t'informerai de ce que je verrai.
— Cependant, prends garde. Il y a toute une faune dangereuse par là. Ne prends pas de risque.
— Je t'ai bien compris. De toute façon, je ne partirai pas là-bas démuni.
Et il tapota sa poche pour faire comprendre à Fleurac qu'il serait armé. Puis il demanda :
— Que veux-tu dire exactement quand tu parles de le mettre hors d'état de nuire ?
Fleurac le regarda et cela suffit à Bill.

XXXX

Tarek avait ses entrées à la mosquée et il emprunta une porte dérobée en utilisant sa propre clé.
A l'intérieur, le calme régnait. Il aimait venir dans ces lieux où il était possible, en plein centre de Londres, de s'éloigner de la vie frénétique qui agitait les Londoniens. Il venait ici reprendre des forces vives.
Il se dirigea vers les étages supérieurs et frappa à une porte au deuxième étage.
— Entrez !
L'imam était assis à un bureau en train d'écrire. Il leva la tête et lorsqu'il aperçut Tarek, un large sourire éclaira son visage.
— Ah ! Te voilà, Tarek ! Que je suis content de te voir !
Et il se leva, contourna le bureau et saisit les deux mains de Tarek dans les siennes en le regardant intensément. Ce dernier se sentit presque gêné devant ce regard inquisiteur. Il se dégagea pendant que l'imam l'invitait à s'asseoir.
— Tarek ! Tarek ! Nous y sommes enfin !
— Où donc ?
— Où tu rêves d'être depuis des années. Au seuil de la reconnaissance de tes efforts pour la Cause. Je vais te donner la possibilité d'agir enfin, et d'agir véritablement.
La curiosité de Tarek était à son comble.
— Mais de quoi s'agit-il ? D'abord votre message téléphonique en priorité numéro un avec effet immédiat, ensuite tout ce mystère. Je dois savoir.
— Lorsque tu sauras, ton esprit sera encore plus chamboulé qu'il n'est curieux en ce moment. J'espère que tu es prêt. L'es-tu ?
— Je suis prêt dit Tarek en frappant du plat de la main sur le bureau.
— Prêt à tout ?
— Oui !

— Alors, voilà de quoi il s'agit. Tu vas pouvoir frapper un coup très fort contre nos ennemis. J'ai en ma possession le moyen d'agir contre celui qui bafoue notre religion et que tu as placé sur ta liste d'objectifs prioritaires.
— Quoi ! Rachid Suleman !
— Exactement !
— Mais c'est à peine croyable ! L'objectif le plus difficile à atteindre et c'est celui-là dont vous parlez !
— C'est exact. Mais du moment où il est repéré, cet objectif est peut-être plus facile à atteindre que les autres.
— Mais comment est-ce possible ? Arriver à déjouer Scotland Yard !
— La manière dont cela s'est passé, tu n'as pas à le savoir pour des raisons de sécurité. Il faut se pencher maintenant sur le quand et le comment de l'opération que tu vas mener.

Tarek restait comme hébété devant les perspectives qui s'ouvraient soudain devant lui.
— Tu ne peux pas agir seul dans ce coup-ci. Il faut un commando.
— C'est évident.
— Tu en seras le chef mais tu devras en informer directement la personne dont le nom est inscrit sur cette carte. C'est un dignitaire qui supervise l'opération. S'il y a un problème, c'est lui que tu dois contacter. Quant à moi, je n'ai plus rien à voir dans cette affaire.

L'imam attendit quelques secondes mais Tarek, absorbé par ses pensées ne dit rien. Aussi reprit-il :
— Il faut agir vite. La première chose que tu vas faire, c'est de te mettre au courant de la situation. Tu vas espionner Rachid Suleman pendant 24 heures avec le contact qui nous a donné ces renseignements. Après ce délai, ce contact disparaîtra pour te laisser seul en première ligne. Avant, tu dois apprendre tout ce qu'il sait sur la filature qu'il a mise sur pied depuis plusieurs jours.
— J'interviendrai ensuite ?
— Oui, avec le commando. Tu devras répartir les rôles selon ce que tu vas apprendre de la situation. Il ne faut pas se faire repérer, car c'est la meilleure façon que le poisson s'échappe par les mailles du filet. Et alors, on ne pourra pas le retrouver.

Tarek remuait sur sa chaise. Il paraissait mal à l'aise.

Finalement, il se lança :
— J'ai quelque chose à vous dire.
— Quoi donc ?
— On me suit.
— Comment ?
— Oui, un homme a agressé mon garde du corps en plein Hyde Park. Puis on l'a revu rodant dans mon immeuble vite après.
— Mais qui est-ce ?
— J'aimerais bien le savoir.
— C'est un Anglais ?
— En apparence, oui. En tout cas, c'est un blanc.
— C'est gênant mais cela ne peut être en rapport direct avec notre histoire, vu que tu viens de l'apprendre maintenant.
— Oui, c'est exact.
— Tu dois tout consacrer à ta mission. A partir de maintenant, tu dois devenir aussi invisible que Rachid Suleman lui-même. Donc, tu dois arrêter tes prêches à Hyde Park Corner.
— D'accord.
— De plus, tu évites ton appartement.
— Oui, mais je dois y passer encore une fois pour y prendre l'équipement qui me servira pour la mission.
— Tu y envoies quelqu'un d'autre. C'est trop risqué pour toi.
L'imam se leva. Il s'approcha et posa ses mains sur les épaules de Tarek.
— Mon ami Tarek, cette fois-ci, l'histoire tape à ta porte. Des occasions comme celle-ci ne repassent pas deux fois. Tu vas devenir un héros et dans le pire des cas un martyr.
— Inch'Allah répondit Tarek.

***

— La reine, le Premier ministre, le lord-maire et Rachid Suleman !
Waddams ouvrait des yeux exorbités devant l'énormité de la nouvelle que venait de lui asséner Carter. Ce dernier avait avancé des documents compromettants sur ce dénommé Tarek.
— Il faut agir tout de suite. Prévenez et renforcez les équipes de surveillance. Il faut être sur un qui-vive permanent. Ensuite, il faut perquisitionner chez ce Tarek et enlever tout ce qui pourra le confondre. Enfin, il faut mettre la main sur lui.

— C'est bien là le problème. Si nous investissons son appartement, il se méfiera et nous risquons de perdre sa trace.
— Il est trop tard pour cela. On ne peut pas attendre et prendre le moindre risque. Peut-être qu'il est déjà en train de monter son coup contre l'une de ces quatre cibles. A propos, ce Tarek, est de quelle nationalité ?
— Franco-iranien.
— Quel mélange détonnant. De quoi améliorer nos rapports avec Paris ! Comme c'est vous qui êtes directement en charge de Rachid Suleman, je vous conseille d'ouvrir l'œil et de renforcer sa sécurité. Je vais de ce pas avertir le Premier ministre. Il n'y a pas de temps à perdre. Vous pouvez disposer.

XXXXI

Eduardo et Tarek s'étaient rencontrés dans un restaurant de fish and chips dans le centre de Londres. Durant 24 heures, Eduardo allait permettre à Tarek de participer à la filature de leur cible. Après ce laps de temps, Tarek serait normalement capable de remplacer Eduardo et ses équipiers pour reprendre lui-même l'organisation de la filature.
Les deux hommes n'avaient vraiment rien en commun sinon le désir de mener à bien cette opération. L'un était motivé par des intérêts pécuniaires et l'autre par des considérations idéologiques. Cette différence provoquait, chez Tarek, un sentiment de condescendance envers Eduardo qu'il avait du mal à cacher.
— Nous organisons une surveillance avec plusieurs voitures qui se relaient durant une même filature. De plus, pour plus de sécurité, nous changeons régulièrement les numéros de plaque.
— Combien de personnes travaillent sur la surveillance ?
— Nous avons quatre équipes de deux qui travaillent en rotation tous les quatre jours.
— Où se trouve la cible ?
— Nous irons tout à l'heure. C'est dans Londres. A environ 10 minutes d'ici.
— Combien de gardes sont avec la cible ?
— D'après nos estimations, il y en a deux en permanence. Mais lors de sorties, il y en a environ huit.
Tarek prenait des notes fébrilement.
— Avez-vous vu Rachid Suleman par la fenêtre ?
— C'est difficile d'être sûr. L'un de nos hommes prétend l'avoir vu une fois à une fenêtre du deuxième étage, l'espace de quelques secondes, il y a quelques jours. Puis quelqu'un d'autre a fermé le rideau.
— Et lorsqu'il sort ?

— Il est derrière des vitres teintées et il y a toujours deux voitures qui sortent en même temps. Il est donc impossible de savoir dans laquelle il est. De plus, comme les voitures entrent et sortent d'un garage souterrain, il est quasiment impossible de voir qui est dans les voitures.

Eduardo fit une pause dans ses explications.

— Et maintenant, M. Tarek, nous allons vous montrer l'endroit où se trouve votre cible. Je vais vous laisser sur place avec notre équipe qui pourra vous expliquer comment se présentent les choses sur place. Puis dans 24 heures, nous nous retrouvons au restaurant de fish and chips pour faire le point.

Ils montèrent dans la voiture d'Eduardo et se dirigèrent en direction du sud-ouest, vers le district SW5, le quartier d'Earl's Court.

***

En tournant le coin de la rue, Carter appela un numéro :

— Carter à Jack, Carter à Jack, répondez.

— Ici, Jack, à vous.

— J'arrive dans 2 minutes. Je suis accompagné par une personne. Terminé.

La voiture ralentit. Carter actionna un bouton et la porte du garage souterrain se souleva lentement. Fleurac remarqua deux voitures à l'intérieur du garage surveillé par plusieurs caméras.

— C'est ici que loge notre hôte.

— Je vois que vous avez un bon réseau de caméras.

— Tout est filmé à l'extérieur et à l'intérieur du bâtiment.

Ils sortirent du parking par une porte en fer et arrivèrent devant deux ascenseurs.

— Cet ascenseur-ci ne s'arrête qu'à l'étage qui est entièrement consacré à Rachid Suleman et à son équipe de protection. Celui-là s'arrête à tous les autres étages.

Dans l'ascenseur, une autre caméra filmait les deux hommes. A l'étage, un garde du corps en civil se tenait devant une des trois portes du palier.

— Bonjour Jack.

— Bonjour Monsieur Carter.

— Je vous présente le capitaine Fleurac.

Ils se serrèrent la main.

— Le capitaine Fleurac est intégré à l'équipe de protection à partir de maintenant.
— Très bien et bienvenue dans la casemate !
— Cette porte est celle de l'appartement de Rachid Suleman, celle-ci est celle de l'appartement de l'équipe de protection. Quant à celle-là, c'est celle de l'escalier de secours. Il existe une communication intérieure entre les deux appartements.

Ils traversèrent un premier corridor. Carter frappa à une porte et une voix se fit entendre :
— Entrez.

A l'autre bout d'un grand salon meublé avec des fauteuils clairs et une grande table sur laquelle se trouvait un ordinateur allumé, un homme se tenait debout. Fleurac reconnut Rachid Suleman.
— Que signifie ceci, Monsieur Carter ? Vous m'aviez dit que vous ne me présenteriez plus de nouveaux visages en dehors de l'équipe de protection que je connais bien maintenant. Vous deviez ne révéler ma cachette à personne.
— C'est exact Monsieur Suleman. Mais les circonstances ont changé.
— Comment cela ? Et tout d'abord qui est ce monsieur ?
— Je vous présente le capitaine Fleurac. Il est français.
— Français ? Je ne vois vraiment pas ce qu'un Français vient faire jusque dans mon salon, en votre compagnie !
— Monsieur Fleurac appartient au COS, l'équivalent français de notre SAS. Il est venu nous prêter main forte.
— Prêter main forte ?

Rachid Suleman partit d'un grand éclat de rire.
— Vous voulez dire …

Le rire l'empêchait de parler. Carter et Fleurac se regardaient, interdits.
— Vous voulez dire que la Grande Bretagne ne peut plus assurer seule ma protection ? C'est extraordinaire. Vraiment extraordinaire. Les services de Sa Gracieuse Majesté ne suffisent plus pour me protéger ? Il faut faire appel à la République française ?

Et il repartit d'in grand éclat de rire. Puis son visage s'assombrit. Il regardait Carter qui se sentait mal à l'aise.
— Je sens que la présence de ce monsieur signifie que le danger se précise.

— Vous pouvez être sûr que si nous avons décidé de l'intégrer à notre système de sécurité, ce n'est pas sans bonne raison.
— Et je serais bien curieux de les connaître.
Fleurac se décida à intervenir :
— Monsieur Suleman intervint Fleurac, je suis détaché ici par mon gouvernement pour vous apporter une protection supplémentaire. La compétence de Scotland Yard n'est pas remise en cause.
— Comment ? Vous voulez dire que le gouvernement français agit ici, en plein centre de Londres, officiellement ? Et avec l'approbation de Scotland Yard ? Je n'y comprends rien.
Puis se tournant brusquement vers Carter il pointa un doigt qui tremblait vers Fleurac :
— Monsieur Carter, cet homme, comment savez-vous qu'il n'est pas ici pour me tuer et pour empocher les deux millions et demi de dollars ?
Carter fut surpris par la sortie de Rachid Suleman.
— Croyez-vous que nous agissions ainsi à la légère ? N'avez-vous pas confiance en nous ?
— Oui, mais vous avez changé les paramètres de notre accord. Il n'était nullement question d'introduire qui que ce soit dans nos rapports. C'est une question de confiance et d'efficacité.
Fleurac intervint encore directement :
— Monsieur Suleman, je conçois votre méfiance à mon égard. A votre place, je pense que j'agirais de même. Aussi, Monsieur Carter et moi-même vous devons une explication.
Il se tourna vers Carter qui hocha la tête.
— Voilà brièvement de quoi il s'agit : la situation est très tendue en Angleterre. Nous avons de bonnes raisons de croire qu'un groupe dont nous pensons avoir identifié l'un des chefs a peut-être trouvé une piste menant vers vous.
Rachid Suleman se laissa tomber sur un fauteuil.
— La seule raison de ma présence est que le chef présumé de ce groupe est français. Et je suis ici pour l'empêcher de nuire.
— Voilà toute la vérité, renchérit Carter. Il va nous falloir prochainement changer de résidence.
— Encore !

— Simplement, cette fois-ci nous allons anticiper la date prévue. Je pense que nous le ferons demain soir.

Rachid Suleman s'était pris la tête entre les mains. Il marmonna entre ses dents :

— Toujours bouger, toujours courir, un jour mourir.

XXXXII

Tarek jubilait. En compagnie d'un de ses fidèles, Abib, et en présence d'Eduardo, il avait passé 24 heures à surveiller l'endroit où se cachait, selon Eduardo, Rachid Suleman. Mille petits indices comme les observations et les relevés, les clichés qu'il avait pris et qu'il avait consultés, l'extrême discrétion qui entourait le bâtiment, indiquaient qu'il était sur la bonne piste. Il sentait la nasse se refermer sur la cible et cela lui montait à la tête comme un parfum enivrant.

Il s'imaginait devenir le héros du monde arabe. Après le coup d'éclat du journaliste irakien Mountazer al-Zaïdi qui avait lancé ses chaussures sur le président Bush, Tarek Abdul-Haq serait celui qui accomplirait la fatwa de l'Ayatollah Al-Shirazi !

Après sa dernière entrevue avec Eduardo au restaurant de fish and chips, il s'était senti libéré de ne plus avoir affaire à ce genre d'individus qui n'agissait que pour l'argent. L'insistance d'Eduardo, à la fin de leur conversation, pour lui rappeler que sa part du contrat était maintenant terminée et qu'il n'attendait plus qu'un mot de Tarek pour que l'argent lui soit versé l'avait dégoûté. Lui, Tarek, n'agissait pas pour l'argent. Il n'avait d'ailleurs rien demandé, et on ne lui avait rien offert. Et ce chien qui quémandait sa part d'une manière si insistante !

Tarek n'avait pas pu se contenir. Il avait lâché, en crachant à terre de mépris :

— Tu l'auras ton fric !

Puis il sortit sans se retourner.

Eduardo se jura que si, pour une raison ou une autre, il y avait des problèmes dans le virement, il ferait la peau de ce salaud.

***

En sortant du restaurant fish and chips, Tarek avait appelé le dignitaire pour dire que la filature était finie, que tout était en ordre et qu'on pouvait payer.

Puis il avait raccroché. Il en avait fini avec ces Italiens. Ils toucheraient leur argent et pourraient disparaître à tout jamais.

Toute son énergie était maintenant tendue vers le but à atteindre, le plus rapidement possible.

Il donna plusieurs coups de téléphone et s'engouffra dans la station de métro la plus proche. Dans sa tête, un plan se mettait en place, un plan pour tuer Rachid Suleman.

***

— Mes frères, je suis heureux de vous voir ici. Je vous ai convoqués pour une œuvre noble, un devoir sacré que tout musulman serait fier de pouvoir remplir à notre place.

Tarek était debout au centre d'un cercle formé de douze hommes assis à même le sol.

— La raison de votre présence ici est due à votre engagement sans faille pour la victoire de notre Cause. Vous avez été sélectionnés sur des critères de foi et d'engagement, d'adhésion complète au Djihad et je sais que je peux avoir totale confiance en vous.

Il promena son regard autour de lui.

— Vous êtes douze. Une partie d'entre vous mènera des actions de diversion pour la police de Londres, soit en manifestant, soit en allumant des brasiers. Pour cela, les membres choisis devront s'appuyer sur des groupes et des contacts locaux pour commencer ces activités. Il me faut des volontaires.

Aussitôt plusieurs mains se levèrent. Tarek en désigna six et leur demanda de quitter le cercle et de le suivre. Ils se regroupèrent dans un coin de la salle autour d'une table sur laquelle était étalée une carte de Londres. Ponctuant ses phrases de gestes qui désignaient des points sur la carte, Tarek reprit la parole :

— Il faut créer plusieurs foyers d'agitation. Je les ai indiqués par des cercles rouges. Regardez : un à Hyde Park Corner. Ce sera le plus important avec trois agitateurs pris parmi vous pour embrigader la foule ici. Ensuite, un autre à Finsbury Park, un autre à Edgware Road et enfin un à la City.

— La City ? dit quelqu'un.

— Oui, la City. C'est l'endroit névralgique par excellence. Le symbole de l'argent et donc du pouvoir. Je rêve de voir la bourse de Londres en feu. Quel spectacle magnifique et quel message envoyé au monde entier !

Il continua ainsi et désigna les responsables de chacune des manifestations prévues.

— Vous remarquez qu'à l'exception de la City, nous allumons nos foyers d'agitation dans les quartiers fortement peuplés de musulmans. L'idée principale est que, une fois la foule gagnée à votre discours, vous essayerez de la faire sortir de son quartier pour entrer dans une zone non musulmane et y faire le maximum de saccages.

Il indiqua pour chaque manifestation l'itinéraire idéal qu'il faudrait essayer de suivre. Plusieurs opinèrent du chef.

— Il s'agit de frapper fort et d'impressionner par la mobilisation de vos troupes.

— Et la police ? demanda quelqu'un.

— La police, il faut la bousculer !

— Par tous les moyens ?

— Si c'est nécessaire. Je vous rappelle que vos manifestations ont un double but : créer des abcès de fixation pour la police et, si cela est possible, créer le chaos dans les quartiers chics. Le meilleur moyen de semer la panique, c'est de mettre le feu aux bâtiments. Rien de tel que la fumée et les flammes au milieu du crépitement des balles et du hurlement des sirènes. Pendant ce temps-là, j'opérerai avec les autres membres du groupe.

Tarek continua à répondre à quelques questions. Puis, il mit au point les derniers détails de l'insurrection :

— Je vous laisse libre de cibler l'endroit où vous irez semer le trouble avec vos manifestants. Il faut simplement que cela ne soit pas loin du lieu de départ de votre démonstration. Visez des endroits symboliques comme Harrods. Cela marque fort les imaginations. N'hésitez pas également à mettre force slogans sur les pancartes qui dénoncent l'état de brimade et de discrimination dans lequel sont tenus les musulmans dans le pays. Cela aura le double avantage de cristalliser l'attention des médias sur un problème réel et, d'autre part, cela cachera plus longtemps le but réel de l'opération. Quant à moi, je superviserai de près la synchronisation de l'ensemble. Je resterai en contact direct avec chacun de vous par SMS ou par téléphone portable.

— Combien de temps avant le début des manifestations ?

— C'est là où je voulais en venir. Nous devons agir très vite.

— C'est-à-dire ?
— Demain.
— Demain ?
— Oui, je sais que le délai est très court. Mais nous n'avons malheureusement pas le choix. Attendre serait synonyme d'échec programmé. C'est pourquoi je vous enjoins de rejoindre les différents endroits dès à présent. Il faut rassembler vos agitateurs et commencer à faire circuler les consignes sur les rassemblements dès ce soir. Fixez le début du rassemblement demain matin, pour créer un effet boule de neige dans la journée. Il faudra rester assez longtemps dans les quartiers de départ pour avoir un noyau dur au groupe de manifestants. Ainsi, on pourra faire une forte impression sur les médias. Les manifestations commenceront tôt le matin, sauf celle de Paternoster Square qui ne commencera que vers 11 heures. Il faut que vos manifestants aient quitté les quartiers musulmans vers midi pour semer la confusion dans Londres.
— Pourquoi commencer si tard à Paternoster Square ?
— Cette manifestation est notre botte secrète contre Scotland Yard car elle surgira dans un endroit où elle n'est pas attendue. Elle ne sera pas importante par le nombre car ce n'est pas un quartier peuplé de musulmans, mais nous allons y envoyer des petits groupes d'agitateurs mobiles, motivés et destructeurs, capables de frapper en plusieurs endroits à la fois. En commençant plus tard qu'ailleurs, cette manifestation aura un impact encore plus fort.

Quelqu'un demanda à Tarek :
— Quel est le but final de cette opération ?
— Je ne peux pas encore vous le dire pour une simple question de sécurité. Mais sachez une chose : cela fera tant de bruit que vous en serez automatiquement informés. Et vous pourrez être fiers d'avoir œuvré pour le bien de notre Cause.

Les six agitateurs se levèrent et quittèrent la salle en discutant intensément entre eux.

***

Au même moment, en compagnie de Carter, Fleurac finissait d'inspecter l'étage et l'appartement où se cachait Rachid Suleman. Il venait d'être présenté par Carter aux différents membres de l'équipe de protection : Jack, le chef du groupe et

John, le garde du corps présent à ce moment-là ainsi que Gartland, à la fois garde et conseiller plus intime de Rachid Suleman dont il ne s'éloignait jamais.

— Fleurac, si vous désirez quitter les lieux et revenir, il y a plusieurs contrôles que vous devrez effectuer. D'abord signaler votre intention de sortir et la durée approximative de votre absence. Au retour, dès que vous entrez dans un rayon d'un mile de la cache, vous devez appeler Jack sur son portable pour lui signaler votre arrivée imminente. Puis, vous devez rentrer en voiture dans le parking souterrain, et, de plus, vous présenter à l'œil de la caméra en donnant le mot de passe du jour.

— Très bien. Et quel est-il aujourd'hui ?

— L'enfant est le père de l'homme.

— Magnifique ! Quelle bonne idée de donner des sentences littéraires dans un contexte pareil !

— Vous vous y connaissez en littérature anglaise ?

— Ma mère était anglaise. Elle m'a fait connaître Wordsworth et les romantiques anglais quand j'étais jeune encore.

— Eh bien, vous serez encore plus surpris lorsque vous saurez que c'est notre écrivain qui nous propose lui-même les mots de passe.

— Ah ! Je comprends alors cette tonalité littéraire.

— Venez par ici ! Je veux vous montrer quelque chose.

Les autres repartirent vers leurs différents postes pendant que Carter refermait la porte derrière eux. Puis il s'engagea dans une salle-penderie qui était située à l'arrière de l'appartement Il écarta plusieurs cintres portant des vêtements et actionna un mécanisme dans le mur. Une porte pivota et découvrit un passage étroit qui s'enfonçait dans le mur.

— Fleurac, ceci est un passage secret destiné à être utilisé en cas de dernière nécessité. Si l'appartement était attaqué et qu'on ne pouvait refouler les assaillants, il resterait cette sortie.

— Et où débouche-t-elle ?

— L'escalier descend et vous emmène au niveau du sous-sol. Puis un couloir souterrain circule sur une certaine longueur pour déboucher au niveau du numéro 22 de Colbeck Mews, à l'arrière du bâtiment. La sortie est donc à l'opposé de l'entrée.

— C'est bien conçu. Et qui est au courant de ceci ?

— Jack et moi. Et maintenant, vous.

— J'apprécie d'être mis dans la confidence. Mais et Rachid Suleman ?
— Nous préférons ne rien lui dire de ce genre de précautions pour le moment. Il s'inquièterait d'autant plus. Il faut avouer que sa situation n'est guère enviable et il est important de le ménager tout de même. Cependant, il ne faudra pas hésiter à l'informer à la moindre alerte, et, le cas échéant, le forcer à emprunter ce passage.
— C'est entendu. Mais j'aimerais aller faire un tour à l'extérieur pour voir comment se présentent la sortie et la rue elle-même.
— Eh bien, vous pourrez y aller dès que vous le voudrez. Le plus tôt sera le mieux. Que comptez-vous faire ensuite ?
— Je compte, si vous n'y voyez pas d'inconvénient, rester ici jusqu'au déménagement de Rachid Suleman demain soir.
— Très bien. Il faut en informer Jack. Quant à moi, je vais vous laisser pour planifier ce déménagement.
Ils se serrèrent la main et Carter disparut.

***

Une fois le premier groupe parti, Tarek revint vers les six autres personnes qui l'attendaient en buvant du thé.
— Et maintenant, à nous le gros morceau dit-il en s'asseyant comme eux à même le sol. Mes amis, je veux que vous compreniez que nous entrons dans un combat dont certains d'entre vous ne reviendront peut-être pas. Aussi, avant d'aller plus avant, je vous donne à tous la liberté de quitter cette pièce maintenant car, si vous restez, vous devez être prêts au sacrifice suprême si nécessaire.
Un grand silence s'ensuivit, traversé simplement par la respiration saccadée des hommes qui attendaient la suite de la tirade avec impatience. Personne ne bougea ni ne dit mot. Aussi Tarek continua-t-il.
— Ainsi, à partir de maintenant, nous allons être liés par le grand secret que je vais vous dévoiler et que les membres de l'autre équipe ne connaissent même pas. Nous sommes en marche vers la gloire mes frères, et si la mission réussit, le monde musulman dans son intégralité vous vénérera comme des héros. Nous allons venger la mémoire de notre prophète qui

a été diffamé. Nous allons éliminer celui qui a osé souiller son image.
Les hommes poussaient de petits grognements d'assentiment en hochant la tête.
— Tarek, nous t'écoutons.
— Avant de vous dire quoi que ce soit, je vais exiger de vous un serment : je veux que vous juriez de ne jamais dévoiler à quiconque quoi que ce soit de ce que je vais vous dire avant la fin complète de la mission.
Il sortit un Coran de sa poche, le posa au milieu du cercle et étendit la main dans la direction du livre. Tous l'imitèrent.
— Je vous demande de répéter après moi : je jure sur le Coran d'obéir à Tarek en tout point pour venger le prophète. Je jure de n'en point dire un seul mot à quiconque. Que ma famille entière meure si je ne tiens pas parole !
Tous répétèrent mot pour mot le serment. Puis il y eu un grand relâchement jusqu'à ce que Tarek reprenne :
— Je ne pensais pas que la justice divine puisse être aussi puissante. Mes frères, c'est par l'entremise d'un infidèle que nous avons reçu la nouvelle qui va nous pousser à l'action. Nous avons maintenant le pouvoir d'éliminer un grand ennemi du monde musulman, un homme qui a craché sur nos valeurs, un ennemi d'Allah et du prophète : j'ai nommé Rachid Suleman !
Il se tut pour observer l'effet que provoquaient ses paroles sur ses acolytes. Un grand silence s'était soudain répandu dans la salle. Tous se regardaient, l'air surpris, comme s'ils prenaient soudain conscience d'une réalité qui leur était sortie de la tête et qui y refaisait irruption en brisant tout sur son chemin.

XXXXIII

Fleurac décrocha le téléphone qui vibrait dans sa poche.
— Allô ! Ici Fleurac !
— Ici Bill. Je t'appelle comme convenu.
— Où es-tu ?
— A Hyde Park.
— Très bien. Qu'as-tu à rapporter ?
— Etrangement, pas grand-chose. Et notamment aucune trace de ton ami franco-iranien.
— Tu es sûr ? Voilà qui est louche, surtout à cette heure-ci.
Fleurac réfléchissait à toute vitesse. Peut-être les choses étaient-elles en train d'accélérer.
— Ecoute, Bill. Je vais encore avoir besoin de tes services. Il me faut ta voiture.
— Pas de problème.
— Je dois te dire que tu risques de la perdre dans l'aventure. Mais la République française te la remboursera si, d'aventure, elle venait à être bousillée.
— Voilà qui est direct au moins.
— Alors, je te demande de me garer la voiture dans Colbeck Mews, le plus près possible du numéro 22. C'est dans le district SW5. Ne verrouille pas la porte, et cache la clé sous le tapis du conducteur.
— Quand ?
— Dès que possible. Si tu pouvais venir maintenant, et m'appeler quand tu auras terminé, ce serait idéal. Je te demande de ne pas rester dans le quartier, car cela pourrait soudain devenir très chaud, si tu vois ce que je veux dire.
— Tu n'as besoin de rien d'autre ?
— Pour l'instant, je risque d'utiliser ton studio dans l'est londonien comme planque. Pour la suite, j'espère que je n'aurai pas à faire appel à toi, car ce serait plutôt mauvais signe.
— Je t'appelle dès que j'ai fini.
— Ah ! Une dernière chose. Si tu pouvais me laisser, dans le coffre, une demi-douzaine de grenades à main...

— Tu les y trouveras. Je te souhaite bien du plaisir, sacré veinard.

***

Tarek profita de l'état d'hébétude dans lequel se trouvait plongé le commando suite à l'annonce de l'identité de la cible. Il frappa un grand coup sur la table du plat de son dossier. Le bruit ramena sur terre toutes ces imaginations envolées.

— Mes frères, c'est maintenant la croisée de votre route avec le Destin. Vous avez la chance d'aspirer aux plus grands honneurs : rappelez-vous que si vous finissez en Shahid, en martyr pour la gloire d'Allah et pour venger l'affront qui a été fait à notre prophète, parmi les nombreuses récompenses célestes vous attendent 70 Vierges aux yeux noirs dans le paradis.

Tous hochèrent la tête en marmonnant des paroles confuses.

— Mes frères, êtes-vous prêts à me suivre ?

— Oui, s'écrièrent-ils tous à l'unisson.

— Mes frères, êtes-vous déterminés à punir l'apostat Suleman ?

Un second oui fit vibrer les murs de la salle.

— Mes frères, êtes-vous prêts à faire le sacrifice de votre vie pour venger notre prophète ?

Tous s'étaient dressés en hurlant un oui retentissant qui apporta un sourire sur les lèvres de Tarek.

— Alors voici le plan d'attaque.

Il leur fit signe de s'asseoir en étendant les deux bras en avant.

Puis il leur dit :

— Il y a deux manières de procéder : frapper un grand coup pour tout raser, ou au contraire, opérer par une frappe chirurgicale, toute en douceur en lançant des commandos dans un assaut surprise. Or notre ennemi est Scotland Yard. Ils sont très forts et la deuxième méthode est condamnée à l'échec car la cible est très bien gardée et nous n'arriverions jamais à l'atteindre avant l'arrivée des renforts de police. Aussi, j'ai décidé de frapper des deux manières : d'abord une attaque massive à la roquette pour faire le maximum de dégâts et ensuite, un assaut du commando pour tuer la cible. De plus, je ne veux pas de quartier car tous ceux qui gardent Rachid

Suleman sont nos ennemis et n'ont droit à aucune pitié de notre part.

Il fit une pause et montra de la main son second, Abib, qui se tenait derrière lui.

— Voici l'homme qui va vous donner les derniers détails de l'opération et vous distribuer les armes. Je tiens à vous dire que rien ne commencera avant que je n'en donne l'ordre. Cela sera aux alentours de 14 heures demain. Nous commencerons par trois tirs de roquette pour détruire successivement et dans l'ordre les troisième, deuxième et premier étages du bâtiment. Nous pensons que la cible se terre au deuxième, mais nous ne laisserons rien au hasard ainsi. Ensuite les commandos attaqueront immédiatement en enfonçant soit la porte d'entrée, soit celle du garage, selon l'ampleur des dégâts. Je veux tout le monde ici demain matin à 10 heures pour les dernières instructions avant le départ.

Sur ce, Tarek quitta la table pour laisser la place à Abib.

***

Bill avait agi avec diligence et appelé Fleurac, une fois la voiture garée dans Colbeck Mews. Il avait laissé les clés à l'endroit convenu et, dans le coffre, six grenades à main.

En fin d'après-midi, Fleurac profita d'un moment de tranquillité pour entrer dans la salle-penderie. Il actionna prestement le mécanisme et s'engouffra dans le passage qui s'ouvrit devant lui. Il tâta le mur pour trouver le mécanisme de fermeture qu'il actionna sans peine et se retrouva plongé en pleine obscurité.

Il sortit alors son téléphone portable qui éclaira faiblement les marches qu'il entreprit de descendre. Il en compta une quinzaine jusqu'au premier palier, puis continua sa descente et arrêta de compter au chiffre 45. Il était maintenant au niveau du sous-sol.

Le plafond du passage était assez bas et il était obligé de se tenir légèrement voûté pendant sa progression. Il se dirigeait vers le nord, selon ses calculs, et se cognait de temps en temps sur les côtés. Enfin, il arriva devant une porte. Il avait compté plus de 80 pas horizontalement, ce qui indiquait qu'il avait largement dépassé le bâtiment de Suleman. Il entreprit d'ouvrir la porte mais ne put en actionner le mécanisme. Enfin, il trouva

la clé accrochée au cadre supérieur droit et ouvrit la porte sans bruit.
Tout s'annonçait bien jusqu'ici. Un rapide regard dans la rue lui indiqua qu'elle était déserte à cette heure-ci et il sortit, en fermant la porte derrière lui. Il pouvait enfin respirer et se tenir droit. Il épousseta ses manches qui étaient salies par le contact des murs humides du corridor secret. Après quelques pas, il s'orienta d'après les numéros des maisons et repéra assez rapidement la voiture de Bill. Il trouva la clé et, dans le coffre, un sac contenant les grenades à main. Il passa la bandoulière autour de son épaule et ferma la voiture à clé.
Revenant sur ses pas, il décida de se chronométrer depuis la porte de la rue jusqu'à l'appartement. Sans trop se presser et en avançant régulièrement, il réussit à couvrir la distance en un peu moins de deux minutes. Ce qui, se dit-il, peut être ramené à moins d'une minute 30 et peut-être même à moins d'une minute en se précipitant.
Revenu dans l'appartement, il s'allongea sur un divan et ferma les yeux pour réfléchir. La voix de Rachid Suleman le tira soudain de sa méditation.
— M. Fleurac, il semble que vous ayez décidé de passer la soirée en ma compagnie ?
Fleurac se sentit un peu embarrassé alors qu'il répondait :
— En quelque sorte oui, mais si ma présence vous gêne, je peux me retirer.
— Non, non, restez un moment, je vous en prie.
Rachid Suleman s'assit sur un fauteuil en face de Fleurac qui s'était entretemps redressé sur le divan.
— Ainsi, M. Fleurac, vous êtes un agent secret.
— En quelque sorte.
— Je suis fasciné par la vie mystérieuse que vous et vos pairs menez. Il faudra que j'écrive un livre sur les gens de votre trempe.
— Cela donnera probablement un bon roman policier, mais je doute que vous n'atteigniez jamais les sommets de la grande littérature avec de tels scénarios— Vous seriez surpris. Regardez ce qu'a fait votre compatriote André Malraux avec *La Condition humaine*. Il a su garder certains ingrédients d'un roman policier et il en a fait le chef d'œuvre que nous connaissons.

— Vous m'amenez sur le terrain de la littérature qui ne m'est guère familier et je préfèrerais vous entretenir de votre sécurité ici.
— Ah oui ? Ma sécurité ! Vous me rappelez un peu le colonel Waddams ! Vous avez des choses à me dire ?
— Je tenais à vous dire que je vais passer la nuit ici et vous escorter demain dans votre nouvelle cache.
— Cache ! Voilà un mot direct au moins. Vous, les Français, vous êtes toujours aussi peu enclins à la litote, à l'inverse des Anglais qui ne savent que parler indirectement. Ainsi, savez-vous comment eux ils appellent ma ... cache ?
— Je n'en ai pas la moindre idée, mais je suis sûr que ce doit être un terme savoureux.
— Eh bien, oui, savoureux, vraiment. Le jargon de Scotland Yard appelle cet endroit un havre. Mais ils ne sont pas allés jusqu'à l'appeler un havre de paix, car là, je trouverais l'expression franchement abusive.

Après quelques secondes, Rachid Suleman posa la question que Fleurac attendait :
— Mais pourquoi donc avez-vous besoin de rester ici ce soir précisément ?
— Franchement, je n'ai aucune explication claire à vous donner. Je sens les choses bouger dans Londres et si les choses bougent trop, vous devenez plus difficile à protéger. En restant près de vous, je me sens plus rassuré. C'est aussi simple que cela.
— J'aime votre franchise. Au moins, vous m'avez fait comprendre que je suis plus en danger aujourd'hui qu'hier. Parfois je pense qu'il vaudrait mieux ne rien savoir du tout.
— Et pourtant, il n'y a rien de pire que de ne pas savoir, je peux vous l'assurer. Je voulais juste vous dire encore une chose : sachez que quoi qu'il arrive, vous pouvez me faire confiance.
— Je ne fais confiance à personne. Mais M. Fleurac, je peux dire que vous m'êtes toutefois sympathique.

Sur ce, il se leva et se dirigea vers sa chambre.

***

Tarek n'avait pas l'intention de beaucoup dormir cette nuit-là. Imbu de l'importance de sa mission et de la place qu'il tenait dans le déroulement de l'opération, il s'était retranché dans sa chambre où le fidèle Abib le rejoignit en fin de soirée.

— Comment s'est passée la fin de la réunion ? s'enquit Tarek, en levant les yeux d'une carte de Londres.

— Très excitée. Parfois, certains de ces hommes m'inquiètent.

— Pourquoi dis-tu cela ?

— Parce que je trouve que quelques-uns sont incontrôlables.

— Mais il suffit de les lancer dans la bonne direction, non ?

— Pas lorsque la fierté et le fanatisme les aveuglent au point de perdre le bon sens et de mettre en péril toute la mission. Je te dis, on peut avoir des problèmes par excès de zèle.

— Mais que s'est-il passé ?

— J'ai eu des problèmes avec un certain Azzam qui voulait utiliser le lance-roquettes alors qu'il n'y connaît rien. J'ai désigné deux moudjahidines qui reviennent d'Irak pour cela. Eux, ils connaissent bien le fonctionnement de ces armes. Mais Azzam, furieux, m'a carrément menacé.

— Dans le lot, il y a peut-être quelques têtes brûlées. Mais dans le feu de l'action, ceux-là sont souvent les plus valeureux.

Il prit une liste et commença à la lire à Abid. Celui-ci hochait la tête pour signifier que tout était en ordre. A la fin de l'énumération, Tarek déclara :

— A l'exception de l'incident avec Azzam, il n'y a rien à signaler ?

— Non, chacun a reçu ses armes, chacun connaît son lieu d'affectation avant l'assaut et son rôle pendant l'attaque. Et demain, tu dois faire la mise au point de dernière minute et vérifier qu'ils sont tous prêts.

— Je te demande une chose : si tu te trouves devant Rachid Suleman, garde-le moi. Je veux être celui qui vengera le prophète.

— Si cela est possible, je le ferai.

Ils se séparèrent pour prendre quelques forces avant le début de l'action.

XXXXIV

Waddams marchait d'un pas allègre en se rendant au bureau. Etait -ce le fait que le ciel de Londres était inhabituellement bleu ? Ou que son équipe de rugby favorite, les London Irish, venaient de se distinguer en dominant largement les Harlequins, leurs rivaux londoniens ?

Son euphorie lui avait presque fait oublier jusqu'à son emploi du temps de la matinée alors qu'il entrait dans son bureau. Il jeta un coup d'œil sur la page de l'agenda, entreprit de contrôler un bâillement intempestif et commença à préparer une tasse de thé, prélude à toute action matinale.

Ce fut en milieu de matinée, alors qu'il se versait une nouvelle tasse de thé, que le téléphone sonna. Il fronça les sourcils, irrité d'être dérangé au moment même où il se promettait un petit moment de détente.

— Ouais ? s'entendit-il dire.

L'autre surpris par le ton relâché du correspondant, demanda :

— Ai-je bien l'honneur de parler au colonel Waddams ?

— Oui, c'est bien moi, corrigea tout de suite le colonel, conscient de s'être laissé un peu trop aller.

— Ah ! Mon colonel. Ici agent Pearman, actuellement dans Edgware Road. Je viens au rapport.

— Qu'y a-t-il donc mon brave ?

Waddams le prenait un peu de haut. La journée s'annonçait tranquille et il était agacé qu'on le dérange.

— Mon colonel, nous appelons pour signaler un événement anormal.

— Je vous écoute.

— Notre patrouille a remarqué une certaine agitation dans le quartier, au niveau de la jonction d'Edgware Road et de Seymour Road.

— Que voulez-vous dire par une certaine agitation ?

— Eh bien, il y a des groupes d'hommes excités à chaque coin de rue qui nous dévisagent avec des regards de haine. Ils

nous font sentir très clairement que nous ne sommes pas bienvenus.
— Mais vous m'appelez donc en fait pour me dire que rien ne s'est vraiment passé ?
— Eh bien, si rien ne s'est effectivement passé, on peut cependant ...
— Ecoutez, agent Pearman, vous me contactez quand quelque chose de lourd se passe, du genre meurtre, violence, viol, agression, etc. Mais, des regards de haine, tous les couples se jettent des regards de haine à un moment ou à un autre. Doit-on pour cela avertir Scotland Yard ?

L'agent Pearman écoutait en hochant la tête. C'était toujours pareil, cette sensation de ne jamais être compris. Il commençait à bredouiller une réponse mais un clic lui annonça que la conversation était terminée.

Waddams prit une nouvelle tasse de thé qu'il commençait à déguster quand le téléphone se remit à sonner. Le colonel hésita à répondre mais finalement se saisit nonchalamment du combiné :
— Ici le colonel Waddams.
— Mon colonel, ici agent Wilkinson. En patrouille dans le secteur de Finsbury park.
— Je vous écoute.
— Eh bien, mon colonel, des choses bizarres se passent.
— Expliquez-vous !
— Il règne dans le quartier une grande agitation et nous avons vu des orateurs haranguer la foule.
— Et que disent-ils ?
— Tout cela est en arabe. Je n'y comprends rien. Mais le ton est véhément, cela je peux vous le certifier.
— Tenez-moi au courant dès que la situation évolue.

Waddams raccrocha aussitôt. Cette fois-ci, il avait compris que quelque chose clochait. Ces deux coups de téléphone presque simultanés, décrivant les mêmes symptômes, cela indiquait clairement un coup prémédité. Mais de qui et pour quoi ?

Il appuya sur un bouton d'interphone et intima à sa secrétaire de faire venir immédiatement Carter dans son bureau. Puis il se dirigea vers la carte murale qui tapissait un mur entier de son bureau. C'était une carte géante du centre de Londres : les bâtiments officiels et les sites touristiques célèbres

paraissaient dans tous leurs détails architecturaux. Il fixa la carte et se mit à réfléchir. C'est ainsi que le trouva Carter lorsqu'il entra dans le bureau.
— Mon colonel ! Vous m'avez fait demander ?
— Oui Carter. Je crains que nous n'ayons du pain sur la planche.
— Mais, que se passe-t-il ?
— Je n'en sais bigre rien. Juste une mauvaise impression.
Et il lui expliqua les deux coups de téléphone qu'il venait de recevoir. Carter se mit à regarder la carte à son tour.
— Que voyez-vous ?
— J'essaie de faire un rapport entre les deux districts de la ville où se passent ces rassemblements.
— Et ?
— A part le fait qu'ils sont en grande partie peuplés de musulmans, je ne vois rien de spécial à relever.
— Vous n'avez rien à me signaler sur les dernières 24 heures ?
— Non, pas vraiment.
C'est alors que le téléphone se mit à sonner à nouveau. Carter décrocha, répondit et tendit aussitôt le combiné au colonel. Ce dernier s'exclama soudain :
— Que me dites-vous ? A Hyde Park Corner ?
Carter qui observait son supérieur fut frappé par les tics nerveux du visage du colonel. Enfin ce dernier raccrocha.
— Carter, envoyez un avis général à toutes les patrouilles : alerte niveau 2. Puis envoyez des renforts dans les quartiers de Finsbury Park, Edgware Road et Hyde Park Corner. Tout de suite !
Alors que Carter quittait le bureau, Waddams appela 10, Downing Street sur la ligne d'urgence.
A la cinquième sonnerie, la voix du Premier ministre se fit entendre.
— Ici le colonel Waddams de Scotland Yard. Appel en urgence. Nous avons détecté des mouvements suspects dans la capitale. Je tenais à vous en informer tout de suite. Nous sommes en alerte niveau 2.
— Et que se passe-t-il donc ?
— Une série de manifestations simultanées dans divers quartiers de la ville qui font présager une opération préméditée

de haut niveau. Je vous conseille de ne pas sortir de chez vous jusqu'à nouvel avis.
— Très bien, je prends note.
Carter revenait dans le bureau, très excité.
— Mon colonel, nous avons reçu d'autres appels des mêmes endroits. Il semble que la communauté musulmane de la capitale soit derrière toutes ces manifestations. On a lu des slogans hostiles à la guerre en Irak, à la guerre en Afghanistan, à la Grande Bretagne, à la Reine, à …
— Cela suffit. J'ai compris. Faites appel aux escadrons de police de sécurité ! Puis prévenez le service de sécurité de Buckingham Palace !
Carter se rua hors du bureau.
L'heure suivante se passa en coups de fils reçus de différents endroits de Londres qui confirmaient que le mouvement était bien coordonné et d'une ampleur très importante.
Waddams était campé devant la carte de Londres et suivait l'évolution de la situation d'après la synthèse que lui en faisait Carter :
— Des bandes de jeunes musulmans, certains avec le visage masqué, très bien organisés, sèment la terreur en lançant des pierres et des bâtons. Ils s'en sont même pris à des patrouilles de police. Il y a plusieurs blessés dans des échauffourées qui ont opposé des bandes de jeunes à Finsbury Park. On a dû appeler des renforts et la police anti-émeute.
Waddams hochait la tête pensivement. Carter continua :
— Cela sera une réponse aux manifestations anti-islamiques que nous avons eues récemment dans la capitale et notamment à Harrow. Le problème est que plusieurs éléments portent des masques et sont armés de bâtons et de pierre qu'ils lancent sur la police.
Le colonel sortit de sa torpeur :
— Ordre d'appréhender tout individu cagoulé ! Et il se remit à étudier la carte.

***

Waddams ne comprenait pas encore ce qui se passait mais sentait vaguement que tout cela n'était peut-être qu'une diversion.

Il en acquit la conviction profonde lorsqu'il décrocha à nouveau le téléphone qui sonnait :
— Ici agent Smith au rapport. Mon colonel, la situation est grave, un incendie s'est déclaré, les pompiers sont alertés, je …
— Où êtes-vous ?
— A Paternoster Square !
— Paternoster Square ?
— Oui, monsieur.
— Mais, combien sont-ils ?
— C'est très difficile à dire. Il ne s'agit pas d'une manifestation ordinaire mais plutôt de petits groupes qui se déplacent très vite.
— Tenez-moi au courant dès qu'il y a du nouveau.

Waddams raccrocha et son doigt qui était sur la carte au niveau de Hyde Park Corner s'éloigna vers la droite et s'arrêta tout près de la cathédrale Saint Paul.

Carter qui revenait dans le bureau identifia le monument religieux que pointait le doigt et dit :
— Ils veulent détruire la cathédrale Saint Paul ? C'est le début d'une guerre de religion.
— Ne dites pas de sottises. Regardez donc et réfléchissez un peu. Savez-vous ce qu'est ceci ?

Le doigt de Waddams dépassa la colonne au centre de la place et se figea sur un énorme bâtiment reposant sur des poteaux en ciment surmontés de quatre étages, chacun présentant une façade d'immenses baies vitrées. Le tout ressemblait aux alvéoles d'un rayon de ruche.
— C'est la bourse de Londres ! Le centre de la City et le moteur névralgique de l'économie du pays. Avez-vous remarqué que les différents foyers d'agitation ont tous débuté avant celui-ci qui est par ailleurs très éloigné de tous les autres ? J'ai compris !

Carter qui était un peu dépassé se risqua à demander :
— Vous avez compris quoi ?
— Que toutes ces manifestations sont des leurres pour disperser nos forces. Leur objectif majeur est la bourse. Ils ont commencé un incendie et ils veulent nous couler économiquement.
— Je n'aurais jamais pensé à ça.

— Avez-vous oublié le grand incendie de Londres en 1666 lorsque la City a été brûlée, y compris précisément la cathédrale Saint-Paul ? Ils veulent sans doute rééditer cet exploit. Le feu a déjà pris ici, là et aussi là.

Il accrocha des punaises rouges aux trois endroits indiqués.

— Et maintenant, regardez ! Vous comprenez ?

— Mais la bourse est au centre de ce triangle formé par les punaises !

— Bravo mon petit Carter. Bon sens de l'observation.

— Carter, faites envoyer des hélicoptères de combat au-dessus de la City. Ordre de disperser les manifestants !

— Mais ... n'est-ce pas un peu prématuré ?

Les yeux de Waddams étaient exorbités alors qu'il hurla :

— Exécution immédiate !

Jamais Carter n'avait vu son chef dans un état pareil. Il sortit précipitamment pour transmettre les ordres.

XXXXV

Tarek avait reçu la confirmation que les différentes manifestations lancées quelques heures plus tôt venaient de déborder de leur aire de départ et s'avançaient vers les beaux quartiers du centre de Londres, selon le plan initial.

A Hyde Park Corner, des échauffourées violentes avaient envoyé plusieurs agents à l'hôpital et la police utilisait force canons à eau et policiers à cheval pour contenir la foule.

Tarek et son commando filaient vers la cache de Rachid Suleman au sud-ouest de Londres alors que la police se démenait entre les divers foyers de tension au nord et à l'est. Des sirènes retentissaient un peu partout dans la ville. Un couvre-feu venait d'être lancé et les gens se précipitaient pour rentrer chez eux au plus vite.

***

Dans son bureau, le colonel Waddams suivait l'évolution de la situation de très près, entouré de son équipe. Il eut un sursaut horrifié lorsqu'il prit note d'une dépêche qu'on venait d'apporter : la manifestation de Paternoster Square avait largement débordé de la place et on avait signalé des affrontements le long de la Tamise. Des éléments incontrôlés avaient attaqué une patrouille de police avec une telle violence que celle-ci avait dû se replier. Cependant, les manifestants avaient pu se saisir d'un policier.

Ils l'avaient entraîné avec eux dans le dédale des petites rues. En arrivant en vue du Prospect of Whitby, l'idée avait soudainement surgi de le pendre haut et court à la corde qui trônait sur la terrasse du célèbre pub.

Effrayés par l'arrivée de ces brutes patibulaires, les quelques clients avaient déguerpi alors que le saccage du bar commençait. Le patron avait essayé de s'opposer en tirant de sous son comptoir une carabine. Il fut aussitôt assommé par un homme qui lui asséna un coup de bouteille sur la tête.

La vue du corps à terre baignant dans son sang, le fracas des verres et des vitres semblaient galvaniser le groupe.

Le policier prisonnier avait tenté de s'échapper au moment de l'agression contre le patron mais il avait été immédiatement rattrapé, traîné jusqu'à la terrasse et hissé sur un tabouret. Puis sans ménagement, on lui avait passé la tête autour du nœud coulant en faisant trébucher le tabouret.

Alors que le corps se débattait dans les derniers spasmes, un émeutier tira plusieurs coups avec la carabine du patron.

En reposant la dépêche, Waddams jugea la situation très inquiétante pour la suite des événements. La violence de cet incident ainsi que l'incendie toujours en cours dans le quartier de la bourse convainquirent le colonel que le centre d'activités des manifestations était bien autour de la cathédrale de Saint Paul. Et il donna des instructions pour intensifier les efforts de la police dans ce secteur.

***

Rachid Suleman était en train de faire une sieste lorsqu'il fut réveillé par le bruit des sirènes dans la ville ainsi que par le grondement des hélicoptères. Toute cette agitation semblait se dérouler assez loin, dans l'est de la ville et Rachid referma les yeux, dans une tentative pour se rendormir.

De son côté, Fleurac sentait se confirmer que la fin de cette journée ne serait pas comme les autres. Londres semblait soudain en état de siège, comme dans les jours les plus lugubres de la bataille d'Angleterre. Toutes ces sirènes ne lui disaient rien de bon ; la télévision ne donnait que des renseignements parcellaires et vagues, plus susceptibles d'augmenter l'angoisse que de calmer les esprits.

***

Tarek regardait sa montre qui marquait 14 heures. Il savait que tous les hommes du commando étaient à leur place : deux d'entre eux, armés de lance-roquettes, se cachaient dans une camionnette qui attendait son ordre pour déboucher dans Harrington Gardens, trois autres tapis dans deux voitures déjà en position et prêts à investir les lieux au moment où les

roquettes auraient fait leur travail de destruction et le dernier dans la rue à l'arrière du bâtiment pour couper toute retraire.
Il sortit son téléphone portable et appela la camionnette :
— Maintenant !
Aussitôt, le véhicule démarra et en moins d'une minute fit irruption dans Harrington Gardens. Il s'arrêta à une cinquantaine de mètres de la demeure et se positionna de telle sorte que, de la porte arrière, on voyait clairement le bâtiment.
A l'intérieur, les deux hommes s'activaient. Enfin, quand leurs roquettes furent prêtes, ils regardèrent leur montre. A 14 heures 05 exactement, ils ouvrirent la porte.
Le premier visa l'étage du haut et tira la première roquette.

***

A ce moment précis, Fleurac quittait le salon où il venait d'écouter les dernières nouvelles à la télévision. Le bruit de la roquette, reconnaissable, attira son attention avant même l'impact à l'étage au dessus. Par un instinct de survie, il se jeta à plat ventre le long du canapé. Une explosion terrible secoua le bâtiment et les jointures du plâtre commencèrent à tomber du plafond lézardé.
Abasourdi, il se releva pour constater que l'appartement n'avait subi aucun dommage direct. Il se saisit du sac qu'il avait préparé et qui contenait son équipement militaire ainsi que les grenades à main fournis par Bill et se précipita vers la chambre de Rachid Suleman qui, assis sur le lit, présentait un visage totalement hébété.
— Vite, il faut partir !
— Partir ? Mais … mais où ?
Sans aucun ménagement, Fleurac l'empoigna et l'extirpa du lit. Il prit au passage le pantalon et les chaussures de Rachid, le tira vers la porte et entra dans la salle-penderie. Rachid était comme dans un rêve et suivait machinalement Fleurac sans opposer de résistance ni poser de questions.
Pourtant, lorsqu'il fallut entrer dans le passage étroit, il reprit conscience et dit :
— Mais enfin M. Fleurac, pouvez-vous me dire ce qui se passe ?
— Ce qui se passe ? Vos tueurs vous ont localisé, voilà tout.
— Mes tueurs ?

Fleurac l'aida à passer son pantalon et à mettre ses chaussures puis il le poussa en avant et ferma la porte du passage secret au moment où l'impact de la deuxième roquette faisait exploser la façade de l'appartement du deuxième étage. Le souffle de l'explosion fut tel qu'il enfonça la porte du passage secret qui émit un craquement sinistre en s'entrouvrant.

Dans sa fuite, Fleurac avait compris ce qui s'était passé lorsqu'il vit les premières volutes de fumée envahir le passage. Il noua un mouchoir autour de son nez pour protéger ses voies respiratoires.

— M. Suleman, écoutez-moi bien ! Nous sommes dans un escalier et nous allons descendre. Je passe le premier. Vous posez vos deux mains sur mes épaules et vous me suivez. Il y a un total de 45 marches. Comptez-les à mesure que nous descendons.

Il alluma son téléphone d'une main et se mit à avancer lentement en tâtant la muraille pour s'orienter.

Rachid Suleman suivait de son mieux Fleurac en s'agrippant à ses épaules, effrayé qu'il était par le noir et la fumée qui devenait plus épaisse. Soudain, une nouvelle explosion, vite suivie par un bruit de fusillade, éclata au-dessus de leur tête.

***

Jack et son collègue de garde jouaient aux cartes devant les écrans de télévision. Ils avaient mis au point un système par lequel, même en jouant, il ne se passait pas plus d'une minute sans qu'ils ne contrôlent à nouveau les écrans.

Aussi ne prirent-ils pas garde tout d'abord à la camionnette dans la rue. Mais au bout de quelques minutes, lorsqu'elle resta immobilisée au même endroit, bien en vue, elle attira leur attention.

— John, t'as vu cette camionnette ?
— Ouais. M'est avis que c'est pas très clair.

C'est à ce moment-là qu'ils virent la porte s'ouvrir et la gueule du lance-roquettes se pointer dans leur direction.

— My God ! Qu'est-ce que c'est que ça ?

Ils n'eurent que le temps de regarder avant que la roquette explose au-dessus de leur tête. La position excentrée de leur

appartement fit qu'ils ressentirent beaucoup moins les effets de l'explosion que l'appartement de Rachid Suleman.
Une fois remis de sa surprise, jack saisit son fusil mitrailleur. – On est attaqués ! John, préviens Carter tout de suite !
John activa son téléphone portable et laissa sonner jusqu'à ce qu'il entende le message enregistré. Puis il cria dans le téléphone :
– *Carter, ici John dans le SW5. Il est 14 heures 06. Nous sommes attaqués à la roquette ! Je répète : nous sommes attaqués à la roquette ! Demandons renforts d'urgence !*

***

A ce moment précis, Carter était occupé à courir d'un côté et de l'autre sous les ordres incessants de son chef et parfois, lui semblait-il, inadaptés à la situation.
Aussi, ce ne fut que plusieurs minutes après l'appel de John qu'il prit connaissance de son message. Il se précipita une fois de plus dans le bureau de son chef.
– Colonel ! J'ai une …
– Avez-vous commandé les hélicoptères ?
– Oui, mais ce n'est pas cela qui compte !
– Comment ? On assassine un de vos collègues en plein Londres, en plein jour, et vous avez le culot de me dire que ce n'est pas important ?
– Non, ce n'est pas ce que je voulais dire. Ecoutez-moi une seconde !
Le ton assuré et légèrement impérieux surprit Waddams.– Il y a du nouveau. Très grave.
– Très grave ? Quoi donc ?
Pour toute réponse, Carter brancha le haut-parleur de son téléphone qu'il actionna. Un silence de mort régna dans le bureau à mesure que la voix de John disait :
– *Carter, ici John dans le SW5. Il est 14 heures 06. Nous sommes attaqués à la roquette ! Je répète : nous sommes attaqués à la roquette ! Demandons renforts d'urgence !*
Waddams était devenu blême.
– le SW5 ? Mais c'est la planque de Rachid Suleman !
Il consulta sa montre. Il était 14 heures 15.
– Oh, my god !

Waddams alla droit à la carte et se mit à analyser fébrilement le quartier d'Earls's Court.

— Il faut envoyer d'urgence les éléments mobiles les plus proches de ce quartier ici, ici et là. Envoyez des messages de décrochage pour une nouvelle mission. Et donnez-leur toutes les données nécessaires. De plus, envoyez-y le commando SAS !

Carter notait fébrilement les nouvelles directives puis disparut. Waddams tomba sur une chaise et se prit la tête entre les mains. Il comprenait que toute l'opération reposait sur une double diversion et qu'il était tombé la tête la première dans le piège. Il se mit à prier qu'il ne soit pas trop tard.

***

Jack se précipita vers la porte de l'appartement de Rachid Suleman. Celle-ci avait été tordue par l'explosion de l'étage au-dessus et Jack entreprit de l'ouvrir à grands coups de la crosse de son fusil au moment où la deuxième roquette frappa le deuxième étage, tuant Jack sur le coup.

John ne dut la vie qu'au temps qu'il prit pour appeler Carter et lui laisser le message téléphonique. L'explosion ne toucha qu'indirectement l'appartement des gardes du corps. Lorsqu'il se remit du choc, John avança dans ce qui restait du couloir menant chez Rachid Suleman. Il découvrit alors son chef, enseveli sous un tas de gravats, et la bouche ouverte emplie de plâtre.

Il serra plus fort son fusil mitrailleur mais le courage lui manqua lorsqu'il vit que l'appartement n'était qu'un champ de ruines. Il ne pouvait plus se repérer et ne voyait personne. C'est alors que frappa la troisième roquette et qu'il fut aspiré vers le bas. Lorsqu'il revint à lui, il vit à quelques mètres plusieurs hommes cagoulés avancer dans sa direction. Quoique blessé, il tenait encore son fusil qu'il actionna et tua net le premier. Les autres se dispersèrent aussitôt et arrosèrent longuement l'endroit d'où était venu le coup. Submergé par le feu croisé des assaillants et dans l'impossibilité de se mouvoir, John reçut une balle en plein front et mourut sur le coup.

***

Le bruit continu de fusillade résonnait au-dessus de leur tête alors que Fleurac et Suleman descendaient l'escalier.
— Mais c'est horrible, horrible !
— M. Suleman, concentrez-vous sur ce que vous faites ! Ne vous laissez pas distraire. Et ne parlez pas !
— D'accord, mais laissez tomber le M. Suleman. Je pense que Rachid pourrait très bien s'adapter à la situation.

Fleurac fut surpris du flegme de cet homme qu'il avait méjugé.
— Très bien. Alors, va pour Rachid !

Apparemment les tueurs étaient déjà dans l'appartement. L'échange de coups de feu dura quelques instants.

Fleurac dégoupilla une grenade qu'il lança sur le premier palier qu'ils venaient de franchir pour retarder leurs poursuivants. Puis ils continuèrent leur descente jusqu'à finalement arriver en bas de l'escalier. Rachid Suleman n'en pouvait plus et toussotait continuellement en respirant avec difficulté. Fleurac lui enjoignit de se masquer le nez pour éviter de respirer la poussière. Puis après une vingtaine de mètres dans le couloir horizontal, il laissa Rachid continuer à tâtons vers la sortie et repartit vers le passage où il posa encore une grenade dégoupillée sur les dernières marches et s'éloigna aussi vite qu'il put.

Les tueurs surgirent dans l'appartement et l'inspectèrent rapidement. Gartland, terré dans sa chambre, tira à travers la porte lorsqu'ils commencèrent à l'enfoncer, blessant le chef du commando à l'épaule. Une rafale de pistolet mitrailleur fit sauter la serrure et atteignit Gartland de plusieurs coups en pleine poitrine.
— Ce n'est pas lui, hurla Azzam.

Ils continuèrent à chercher et finalement ils virent la porte du passage secret. On n'y voyait rien à l'intérieur car la poussière était partout. Ils sortirent leurs lampes et se hasardèrent à faire quelques pas précautionneux.

Soudain, une explosion en-dessous d'eux fit trembler les murs.
— Avertis Tarek intima le chef du commando qui se laissa glisser le long du mur en se tenant l'épaule blessée et en grimaçant de douleur.

— Ici Azzam, nous sommes dans les lieux. Il n'y a plus personne. Le gibier est en fuite par un passage secret qui descend. Ils dynamitent le passage pour retarder notre progression. Je suis le seul élément du commando opérationnel. Le chef est blessé et ne peut plus continuer, le troisième commando est mort.

Tarek n'en revenait pas. Son commando était dispersé et la cible introuvable. Il s'appuya contre un mur, s'épongea le front et hurla dans son téléphone :

— Continue à le poursuivre ! Tu dois le retrouver ! Tue tout ce qui bouge !

***

Fleurac était devant la porte qui donnait sur la rue. Il savait que la partie la plus délicate allait se jouer maintenant. Il se tourna vers Rachid Suleman qui, épuisé, respirait avec difficulté.

— Rachid, regardez-moi.

Il le prit par les épaules et le tourna vers lui :

— Ecoutez-moi bien. Je vais sortir dans la rue pour chercher la voiture qui nous attend. Vous ne bougez pas d'ici jusqu'à ce que je vous appelle. Je serai dans une voiture VW rouge. Je vais essayer de venir me garer devant cette porte. Vous n'aurez qu'un étage à monter et à grimper dans la voiture. Vous m'avez bien compris ?

L'autre hochait la tête.

Fleurac lui glissa son pistolet dans la main.

— Prenez ceci. On ne sait jamais. Rachid eut un geste de recul.

— Prenez-le. En cas de légitime défense, et vu les circonstances, cela me semble plus que normal.

Il obligea Rachid à prendre le pistolet et sortit dans la rue. Le bruit lointain des sirènes se mêlait à des cris et des hurlements de voisins terrorisés. En haut de l'escalier, il jeta un coup d'œil à droite et à gauche. La rue était vide.

Il se mit à marcher en direction de la voiture qu'il entrevoyait au bout de la rue, dans la direction opposée au bâtiment attaqué à la roquette. C'est au moment où il traversait la rue pour s'approcher de la voiture qu'il entendit une voix l'appeler :

— Eh, toi, retourne-toi !

Le fort accent moyen-oriental fit comprendre à Fleurac qu'il était repéré. Il se mit à pivoter lentement et se trouva à bonne distance d'un homme cagoulé qui braquait dans sa direction une arme.

— Lève les mains et approche.

Fleurac n'avait pas d'autre choix que de ne pas obéir. Il plaqua contre son flanc le sac militaire qu'il avait en bandoulière. Il se mit lentement en mouvement et soudain se laissa choir à terre dans un roulé-boulé qui le fit passer entre deux voitures garées sur le côté. L'autre tira une bordée de projectiles qui vinrent labourer le côté du véhicule derrière lequel se tenait Fleurac.

Appuyé contre la voiture, celui-ci prit une grenade dans son sac, se retourna en position accroupie, la dégoupilla et se mit à compter. A trois, il la balança par-dessus le toit de la voiture. Elle roula vers l'agresseur qui, surpris, n'eut pas le temps de se mettre à l'abri. Il fut projeté en arrière et s'affala dans une mare de sang.

Tarek faisait ses comptes. Son commando avait subi de lourdes pertes à l'intérieur de la maison : un homme tué, un autre blessé et indisponible. La cible apparemment indemne et en fuite. Le bilan était nul jusqu'à présent et l'effet de surprise n'était plus un élément déterminant.

Outre Abib et lui-même, le commando comptait encore quatre hommes : deux à l'avant de la maison, un à l'arrière et Azzam.

Il serra les dents et comprit que l'affaire était loin d'être gagnée.

Il prit son téléphone et appela les hommes restants.

— Appel à tous ! Il ne reste plus que quatre commandos sur six opérationnels. La cible est apparemment en fuite, elle descend par un passage secret. Azzam, il faut la poursuivre tout de suite et la forcer à sortir. Le temps presse. On l'attend à l'extérieur. Elle ne peut pas nous échapper.

Puis il dit à Abib :

— Tu descends et restes de ce côté-ci. Je passe par derrière pour renforcer la surveillance.

Sur ce, il fit ronfler le moteur et se dirigea sur Colbeck Mews.

***

Fleurac réussit à faire démarrer la voiture et vint la ranger devant la porte du passage secret. Rachid Suleman monta péniblement les marches pendant que Fleurac scrutait la rue.
— Montez derrière et allongez-vous sur le siège. Il faut vous cacher.
Rachid parvint à grimper dans la voiture et se laissa choir sur la banquette arrière. Aussitôt, l'engin se mit à rugir et Fleurac se dirigea droit vers Harrington Gardens.

Les deux voitures se croisèrent dans le virage où Colbeck Mews se joint à Collingham Road. La voiture de Fleurac était à l'intérieur du virage, ce qui permit à ce dernier de repérer immédiatement Tarek dont il aperçut le profil exactement devant lui.

Ceci lui donna l'avantage de la surprise et il emboutit l'arrière de la voiture de Tarek qui se mit à déraper sur la chaussée en tournant sur elle-même. Tarek n'avait pas eu le temps de se rendre compte à qui il avait affaire mais, mû par un instinct de conservation, il contrebraqua son volant et limita au maximum l'impact de la voiture qui vint s'écraser contre le mur du bâtiment le plus proche.

Fleurac dut faire une marche arrière pour se remettre dans le bon sens de la marche. C'est alors que Tarek le reconnut et son visage fit une grimace de haine. Il plongea la main dans sa ceinture et en sortit un pistolet. Fleurac entrevit le danger et préféra, plutôt que prendre la fuite et essuyer une bordée de coups de feu, foncer carrément sur la voiture une nouvelle fois, mais cette fois-ci en visant la porte du chauffeur.

Tarek, les yeux exorbités, vit foncer sur lui le bolide et commença à tirer. Une balle fit exploser le pare-brise de la VW et manqua Fleurac de peu. La VW enfonça alors la porte du chauffeur et Tarek se trouva broyé dans le métal déchiré de la carrosserie. De son bras encore libre, il visait dans la direction de Fleurac mais celui-ci avait déjà sorti son pistolet et tira sur Tarek qui s'affaissa d'un coup.

Les sirènes des voitures de police encore éloignées se dirigeaient vers l'adresse indiquée par Carter et les membres du commando qui avaient entendu le bruit des voitures accouraient de divers endroits vers le lieu de l'accrochage alors qu'on entendait le ronronnement inquiétant d'un hélicoptère qui tournoyait au-dessus.

Fleurac fonça pour s'éloigner au plus vite de cet endroit. Il quitta enfin Colbeck Mews et entra dans Collingham Road. Il accéléra et fonça droit vers Old Brompton Road, une artère fréquentée où il aurait plus de facilité à se perdre dans la foule.

En effet, derrière, la camionnette des assaillants le poursuivait. Les deux tireurs de roquettes avaient vu de loin la scène et avaient sauté dans leur véhicule. Pendant que l'un conduisait, l'autre armait une roquette à l'arrière du véhicule.

Fleurac avait repéré le véhicule qui le pourchassait. Il avait le double handicap de ne pas bien connaître Londres et de conduire à gauche, ce qui ne lui était guère familier.

Ce fut pourtant ce détail qui lui permit d'éviter la roquette qui venait d'être lancée : au carrefour d'Old Brompton Road, au lieu de tourner à gauche comme tout bon Britannique, il braqua complètement à droite par mauvais réflexe de la conduite à droite. Le tireur de roquette avait compris que Fleurac allait s'engager dans Old Brompton Road et, en bon calculateur, avait très légèrement dévié son axe de tir vers la gauche pour prendre le véhicule de plein fouet sur le côté lorsqu'il tournerait. Ce qui fit que la roquette manqua largement son but et explosa dans un magasin qui illumina le ciel d'un feu d'artifices multicolores et attira aussitôt l'attention de l'hélicoptère sur la camionnette. Quelques secondes plus tard, celle-ci explosait dans une gerbe de feux sous les tirs de l'hélicoptère.

***

La panique régnait dans la capitale. Waddams suivait avec angoisse l'évolution de la situation dans le SW5. Le SAS avait investi les lieux et neutralisé le reste du commando. La nouvelle de la mort des gardes et surtout de Gartland affecta grandement le colonel et Carter. Cependant, la bonne nouvelle était que Rachid Suleman n'avait pas été retrouvé, ce qui laissait l'espoir qu'il était encore en vie.

— Il doit être avec Fleurac !
— Oui, mais où sont-ils ?
— Contactez Fleurac tout de suite. Sachez ce qui se passe et où il se trouve. Il faut l'aider.

***

— Monsieur Suleman, comment allez-vous ?
Fleurac n'entendit aucune réponse. Inquiet, il tâtonna sur la banquette arrière et sentit la forme du corps recroquevillé qui se mit à bouger légèrement.
— Ne vous inquiétez pas, Monsieur Fleurac. Je vais bien. Je réfléchissais tout simplement.
— Vous ... réfléchissiez ? Mais à quoi donc ?
— Pas à mon prochain livre, n'ayez crainte.
Il s'assit sur la banquette arrière, cala ses coudes sur le dossier du siège de devant et approcha sa tête de celle de Fleurac.
— Alors, à quoi donc ?
— Je réfléchissais à ce que je vois en ce moment. Londres, notre belle ville, est en état de siège. On dirait qu'il y a une guerre en cours, une invasion, que sais-je ? Or, c'est ma misérable vie qui a créé un tel chaos. Je suis ... confus.
Fleurac ne savait comment répondre. De plus, il avait peur de se déconcentrer, aussi décida-t-il de ne rien dire.
Au bout d'un moment, Rachid Suleman continua :
— Mais peut-être tout ceci est-il nécessaire pour qu'enfin ils comprennent.
— Qu'ils comprennent quoi ? De qui parlez-vous ?
La voiture arrivait à Trafalgar Square et roulait aux pieds des lions qui gardaient la colonne du célèbre amiral.
— Je parle du Royaume Uni en état de léthargie depuis trop longtemps. Il lui faut un choc salutaire pour sortir de son apathie. Peut-être que les hurlements de cette nuit vont le faire enfin se réveiller et qu'il va comprendre que le salut est dans l'action. Si cela se passait ainsi, je serais heureux, malgré tous les morts mêlés à cette tragédie, d'avoir provoqué le réveil salutaire.
Il se renfonça sur son siège en jetant un coup d'œil à Nelson sur sa statue et ajouta :
— Peut-être cette nuit sera-t-elle un nouveau Trafalgar ?
Fleurac qui, en tant que Français, donnait au mot Trafalgar un autre sens sourit au moment où il quittait Trafalgar Square et se dirigeait droit vers le nord de Londres en direction du studio de Bill pour y mettre en sécurité son précieux hôte.